[青少年阅读文库]

家园的故事丛书

太阳的宝库

金　涛　孟庆枢　主编

［俄罗斯］帕乌斯托夫斯基　米·普里什文　著

武学善　何茂正　冯华英　译

广西科学技术出版社

图书在版编目（CIP）数据

太阳的宝库 /（俄罗斯）帕乌斯托夫斯基，（俄罗斯）米·普里什文著；武学善，何茂正，冯华英译. —南宁：广西科学技术出版社，2012（2020.6 重印）

（家园的故事丛书 / 金涛，孟庆枢主编）

ISBN 978-7-80666-173-4

Ⅰ. 太… Ⅱ. ①帕… ②米… ③武… Ⅲ. 短篇小说—作品集—俄罗斯—近代 Ⅳ. I512.44

中国版本图书馆 CIP 数据核字（2012）第 065474 号

作品名称：《太阳的宝库》
作　　者：帕乌斯托夫斯基 ©，米·普里什文 ©
版权中介：中华版权代理总公司
　　　　　俄罗斯著作权协会

家园的故事丛书
太阳的宝库
TAIYANG DE BAOKU

责任编辑 罗煜涛　　**封面设计** 龚　捷
责任校对 李文权　　**责任印制** 韦文印

出 版 人 卢培钊
出版发行 广西科学技术出版社
（南宁市东葛路 66 号　邮政编码 530023）
印　　刷 永清县晔盛亚胶印有限公司
（永清县工业区大良村西部　邮政编码 065600）
开　　本 700mm × 950mm　1/16
印　　张 11
字　　数 100千字
版次印次 2020年 6 月第 1 版第 4 次
书　　号 ISBN 978-7-80666-173-4
定　　价 24.00 元

序 言

家园，是个闻之令人心驰神往的字眼。尤其是对于许多少小离家、浪迹天涯的游子，那是一个个具体的、鲜活的、渗透着欢乐和忧伤的画面和镜头。

家园，依我肤浅的理解，是留下先人足迹与血汗的故土，是每个人生命之河的源头，有时也是多姿多彩的人生之旅最难忘怀的小小驿站。

固然，在每个人的心灵深入，对家园的诠释依人生阅历的不同，又是异彩纷呈的。

外婆的澎湖湾，故乡的田间小路，夜色初升时提着小灯笼在田野草丛嬉戏的萤火虫，童年小伙伴扎猛子、学狗扒的小池塘，暴风雨中的电光和惊天动地的一声霹雳，秋高气爽的天空中排成“人”字形的雁阵，除夕之夜的鞭炮声，雪花纷飞的冬夜，第一次背着书包踏进课堂的惶惑及慈母的叹息，情人的热吻，婴儿的啼哭……所有这些刻骨铭心的记忆，无

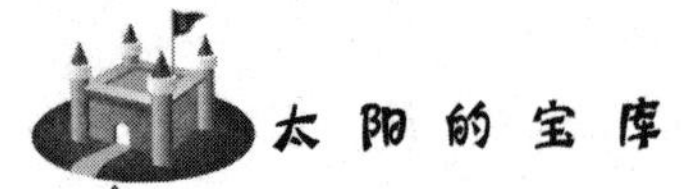

不是家园在我们心头摄下的影像，随着岁月的流逝反而会变得更加清晰。

对家园的依恋，大概也是人性中无法改变的怀旧情结吧。

不过，对于人类整体而言，不管肤色、民族和国籍有怎样的差异，也不管文明的发展程度和意识形态有怎样的不同，我们都有一个共同的家园，那就是人类赖以生存的地球。

科学的发现和人类的历史都证明：地球，这颗宇宙中最美妙的星球是人类诞生的摇篮。地球上的山脉、河流、海洋、湖泊、岛屿、森林、草原、沙漠、田野……不仅为人类世世代代繁衍提供了生存空间，也为人类文明进步和社会发展贡献了源源不断的自然资源。地球上的空气、水和土地，是人类生存不可或缺的基本要素。至于千姿百态的花草树木和种类繁多的鸟兽虫鱼，不仅是人类生存的必需品，也是人类的忠实伴侣。

人与地球的关系，从深层次探究，不仅仅限于地球赋予了人类生存发展的物质基础，在长达几万年或许时间更悠长的历史进程中，地球的自然界构成了人类的精神家园。山川的秀美，沧海的壮阔，日出日落的庄严，寒来暑往的韵美，乃至莺飞草长的无限春光，万物欣荣的繁华盛景，秋风秋雨的万般愁思，雪压冬云的苍凉寂寞……凡此种种大自然的物换星移，均深深植入人类的精神世界，幻化为艺术的创造、理念的思维、情感的寄托，最终成为人类生存的必要前提。

然而，时至今曰，举目四望，人类的家园处于风雨飘摇

之中。被誉为“地球之肺”的热带森林在机器的轰鸣声中成为寸草不生的荒山秃岭，肥沃的土地因失去植被的庇护而水土流失而变成赤地千里的荒原；千千万万的飞禽走兽被捕杀殆尽，人们只能在博物馆的柜橱里看到它们的遗骸；昔日奔腾的江河已是毒液翻涌，变为死亡之河；一颗颗明珠般的美丽湖泊黯然失色，在无奈和悲伤中走向死亡；甚至连浩瀚无垠的海洋也充满毒素，再也无法维持众多水族的生存。至于人类头顶的天空，空气混浊，酸雨霏霏，日渐撕碎的臭氧空洞，正在给人类带来防不胜防的灾祸……

这不是危言耸听。人类的家园到处响起了告急的警报：春风伴着遮天蔽日的烟尘四处肆虐，无情的滚滚流沙步步逼近繁华的城镇，江河泛滥洪水滔滔千里原野变为沼泽，旱魃的魔口在非洲每天吞噬成千上万条生命。至于水资源的匮乏，环境的污染，珍稀物种的灭绝，疾病的蔓延，已经不再是个别的事件了。

人类，也许只有在失去了美好的事物之后才会懂得珍惜。对于正在失去的家园，理智而未丧失良知的人开始奔走呼号，呼吁社会竭尽全力加以爱护地球，因为越来越多的人开始意识到，一旦人类毁弃了自己赖以立身的家园，最终毁灭的是人类自己。

我们正是怀着如此真诚的心愿，选编了一套《家园的故事丛书》。这些体裁不同、风格迥异的作品，虽然是出自不同国家的作家之手，但是他们都是以对大自然的关爱，从不同的侧面展示人类的家园的美丽。这里有对弱小生命细致入微的

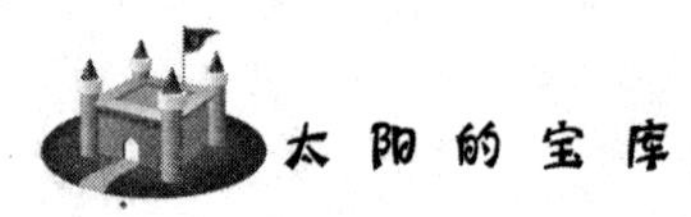

观察，也有对生态环境遭到污染的忧思；有的从人与自然的和谐反思人性的偏颇，也有的以诗一般的语言唤醒人的良知……总之，这些作品的共同主题是关爱我们人类的家园，倘若读者能从中受到感悟，从我做起，用爱心珍惜我们周围的一山一水、一草一木，使人与自然和睦相处，使人类的家园免遭厄运，永葆青春，那么我们的努力就达到了预期的目的。

金　涛　孟庆枢

目 录

夏 天

帕乌斯托夫斯基 著

武学善 译

最后一个魔鬼

老爷爷到僻静湖去采野马林果，回来时脸都吓得变了形。他在村里各处喊了很久，说湖上出了魔鬼。他指着被撕破了的裤子作为证据，好像那魔鬼啄了老爷爷的腿，扯破了粗麻布裤子，还在他的膝盖上留下一大块伤。

没有人相信老爷爷的话，就连那些气呼呼的老太太们也嘟嘟哝哝地说，魔鬼生来就没有啄人的喙，也不住在湖里。再说啦，革命后根本就没有也不可能有鬼了，因为布尔什维克早就把它们连根拔了。

然而，妇女们终归是不再去僻静湖那里采野果了。她们不好意思承认，革命都 20 年了她们还在怕鬼，因而当别人责备的时候她们就移开目光，慢条斯理地回 答说：

家园的故事丛书

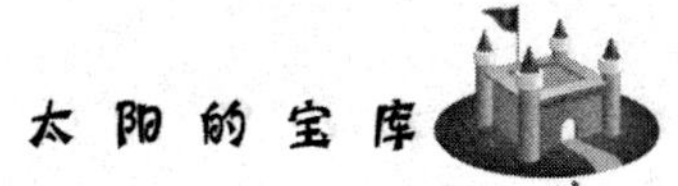

“咳，乖乖，现在就连僻静湖那儿也没有野果了。生来还没见过像这样什么都不长的夏天哩。你自个儿想想，我们干吗去白遛腿儿、白磨鞋底儿呢?”

大家都不相信老爷爷，还认为他为人古怪，是个倒霉蛋儿。人们都管老爷爷叫“百分之十”。以前我们不明白这绰号是什么意思。

“大伙这样叫我，孩子，”一次他解释道，“那是因为我的力气就剩下从前的百分之十了。一头猪把我咬了。嗬，那哪儿是什么猪啊，简直就是一头狮子！它一跑出来，呼噜呼噜地一哼哧，四周的人就全都跑光了！女人们拉过孩子就往屋里躲。男人们出来都要拿上大木叉，那些胆小的根本就不敢出屋了。那简直是跟土耳其人的一场恶战！那猪闹得可凶啦。

“唉，听我往下说。那头猪蹿到了我家里，哼哧着，凶光闪闪的眼睛直盯着我。我呢，当然啦，狠狠地揍了它一拐杖。‘滚丌！’我说，‘乖乖，快滚，见鬼去吧!’这当口上，它一蹿就朝我扑了过来！把我撞倒了，我躺在地上大喊大叫，它就咬我，撕我！瓦西卡·茹科夫大喊着：‘把消防车开来，用水把它赶跑，因为眼下还不许杀猪!’人们挤来挤去，大吵大嚷，可它还是咬我，撕我！大伙好不容易才用连枷赶开它，这才把我救了出来。我住进了医院。大夫真是惊讶极了。他说：‘米特里，从医学上看你也就只剩下百分之十了。’现在我就靠这百分之十勉强维持着。你瞧，孩子，这就是咱们过的日子！后来那头猪是用‘炸子儿’打死的，别的子弹都打不死它。”

晚上我们把老爷爷请来，详细地向他打听了闹鬼的事。乡村的街道上笼罩着尘土，空气中散发着鲜牛奶味，人们把奶牛

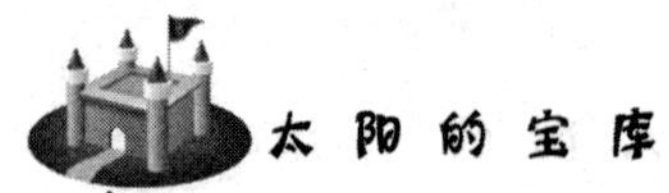

从林间空地上赶回来了。女人们站在篱笆门边叫着，凄凉而温和地唤着牛犊：

“佳卢什，佳卢什，佳卢什！……[①]”

老爷爷说，他是在离湖很近的小溪那里遇上鬼的。魔鬼就在那里朝老爷爷扑过来，用嘴啄了他一口，他跌倒在马林丛里，失声地尖叫起来。随后他跳起来，一口气儿跑到了戈列雷沼泽地。

“差点儿把心都跑爆了。你瞧，竟出了这样的事儿！

“那魔鬼长得什么样儿？”

老爷爷挠了挠后脑勺。

“哦，像只鸟似的，”他犹犹豫豫地说，“叫声挺难听，哑嗓子，像得了重感冒似的。说是鸟吧又不是鸟，谁知道是个什么样子。”

“咱们要不要去僻静湖那里看看？这事挺奇怪的。”等老爷爷就着面包圈喝完茶走了之后，鲁维姆说。

“这里头还真有点事儿呢，”我说，“虽说这老爷子是从斯帕斯克列皮基到梁赞这一带地方最不起眼儿的一个人。”

第二天我们就去了。我带上一枝双筒猎枪。

我们这是头一次去僻静湖，就带上老爷爷给我们当向导。起初他不答应，说他就剩下这“百分之十”了，后来同意去了，但要求集体农庄为此得给他记上两个劳动日。农庄主席共青团员廖尼亚·雷若夫大笑着说：

“再说吧！你要是能用这次探险把女人们的蠢念头从她们

---

① 招呼牛犊的声音。

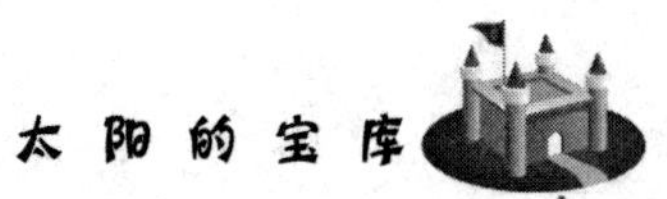

的脑子里赶出去，那就给你记。快去吧!”

老爷爷画过十字预祝平安之后就动身了。一路上他不大愿意讲魔鬼的事，大半时间都沉默着。

“那魔鬼它吃啥不?”鲁维姆打趣地问。

“想必是吃点儿鱼，爬到岸上就吃些野果，”老爷爷擤着鼻涕说，“虽说它是个鬼怪，可总也得靠点什么活着呀。”

“它是黑颜色的吗?”

“你看见就知道了，”老爷爷诡秘地回答说，“变成个什么样，就让你看到是什么样。”

我们在松林里走了一整天。那里没有路，我们穿过干涸了的沼泽，脚一踏上去，那褐色的干苔藓直没到膝盖。

针叶林中十分炎热。蝼蛄在四处鸣叫。干燥的林中空地上，脚一踏，螽斯便如同飞溅的雨水一样在脚下乱飞乱蹦。野草疲惫地低垂着头，四周散发着热烘烘的松树皮和草莓的气味儿。几只苍鹰悬停在松林的上空。

酷热折磨着我们。松林灼热，被炽热的太阳灼烤着，似乎那林木已经被烤得在静静地阴燃着，甚至能嗅到阵阵焦味。我们都没吸烟，唯恐一划火柴树林就会像干透了的刺柏一样噼噼啪啪地一下子燃烧起来，随之白色的烟柱便袅袅地向着太阳升上去。

我们不时地在浓密的白杨和白桦丛中休息一会儿，间或穿过树丛来到潮湿的地方，呼吸那野草和树皮发出的野菌般霉烂的气息。

我们久久地躺在休息的地方，倾听树梢发出的海涛般的拍击声。高高的空中，风儿在缓缓地飘荡。那风，想必也是热辣辣的。

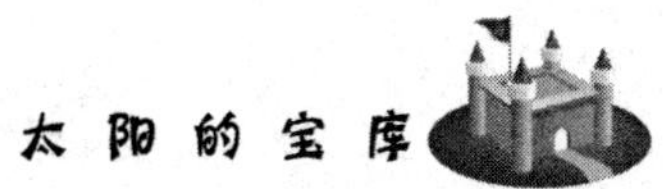

太阳落山时我们来到湖边，无声的夜色悄然降临，给树林罩上一片幽静的蓝色。初现的星星仿佛点点银色的水滴在闪着光亮，勉强才能看得到。夜归的野鸭飞过，发出低沉的呼啸声。

下面，被难以越过的丛林围绕着的湖水在闪闪发光。黑黝黝的水面上荡漾着又宽又大的水圈，那是傍晚的鱼儿在戏水。

黑夜开始笼罩森林，打破了林中的沉寂。

老爷爷坐在火堆边，张开手指挠着瘦瘦的前胸。

“喂，米特里，你的魔鬼在哪儿呀？”我问道。

“在那边，”老爷爷含糊地朝白杨丛那边挥挥手，“你急什么？咱们早上再去找它。今天太晚了，天也黑了，得等一等。”

天刚亮我就醒了。暖融融的晨雾从松林上方弥漫下来。

老爷爷坐在火堆边急促地画着十字。他那潮湿的胡须微微抖动着。

“老爷爷，你这是干啥？”

“跟你们来可是自找倒霉啦！”老爷爷嘟哝道，“你听，它在叫哪，那天杀的！听见了吧？把大家叫醒吧！”

我侧耳细听。朦胧中鱼儿在湖中拍溅，随后传来一阵刺耳的狂叫声。

“呜哎克！”不知是什么在这样叫着。“呜哎克！呜哎克！”

黑暗中响起一阵纷乱。像是有什么活物在水中重重地拍击，接着又胜利地响起了那凶狠的叫声：

“呜哎克！呜哎克！”

“三手圣母，救命啊！”老爷爷结结巴巴地嘟哝着，“听，是在磨牙吧？我这老糊涂蛋，真是鬼迷心窍，跟你们跑到这儿

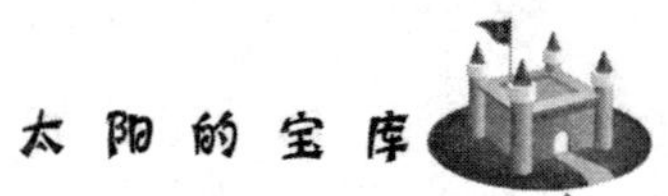

来了！”

从湖面上传来一阵奇怪的噼啪声和敲击木头的响声，像是有一群孩子在用木棍子打仗玩。

我推醒了鲁维姆。

“喂，”老爷爷说，“想怎么干你们就怎么干吧！我什么也不懂。还要我管什么事儿不成。见你们的鬼去吧！”

老爷爷完全吓昏了头。

“去开枪打吧，”他气咻咻地嘟哝道，“苏维埃政府也不会赞成这样的。难道可以开枪打鬼吗？亏你们想得出来！”

“呜哎克！”魔鬼拼命地大叫。

老爷爷把厚呢子大衣拉到头上，不作声了。

我们向湖岸爬去。晨雾在草丛中沙沙作响。一轮白色的大太阳缓缓地升到湖水的上空。

我扒开湖边有毒的浆果丛，朝湖面望去，慢慢托起猎枪。

“看到什么啦？”鲁维姆悄声问道。

“真奇怪。我简直不知道这是只什么鸟。”

我们小心翼翼地站起身来。黑黝黝的水面上有一只大大的水禽在游来游去。它的羽毛闪闪发光，一会儿是柠檬黄色，一会儿又变成了玫瑰红色。看不到它的头，它的头和长长的脖子都浸在水里。

我们都愣住了。只见那只鸟从水里抬起鸡蛋般大的生满卷毛的头。一个连着红色皮囊的巨大的喙仿佛贴在头上一般。

“鹈鹕！”鲁维姆喊道。

“呜哎克！”鹈鹕警惕地应了一声，用它的红眼睛盯着我们瞧。

鹈鹕的嘴里露出一条肥鲈鱼的尾巴。鹈鹕甩动着脖子，把鲈鱼吞到肚子里。

这时我想起那张包熏肠的报纸来。我赶紧跑到火堆那里，把熏肠从背兜里抖出来，展平油渍渍的报纸，把那则用黑体字排印的启事读了一遍：

动物园经窄轨铁路运送动物时，走失非洲产鹈鹕一只。该鸟特征：羽毛玫瑰色和黄色，大喙连着储鱼皮囊，头生绒毛。该鸟已老，颇凶，不喜儿童且以喙啄击，但殊少招惹成年人。有知下落者来园报知，必当重谢。

“喂，”我问，“咱们怎么办？开枪打吧，舍不得。可是，到了秋天它准会饿死的。”

“让老爷爷去告知动物园，”鲁维姆回答说，“顺便又能弄两个钱。”

于是我们去叫老爷爷。老爷爷好久也没能弄明白是怎么回事。他一声不吱，不住地眨眼，一个劲儿挠着瘦瘦的胸膛。后来弄明白了，这才提心吊胆地走到湖边去看那个魔鬼。

“这不，就是它，你说的那个鬼，”鲁维姆说，“看看吧！”

“咦，乖乖……”老爷爷嘻嘻笑开了，“我还有什么好说的！明摆着的，这不是鬼。让它自由自在地在这儿抓鱼吃吧。谢谢你们啦。你们叫大家不要再害怕了。现在姑娘们又该来这里采野果了，瞧好吧！好一只疯鸟，生来都没见过这种鸟。”

白天我们捕了不少鱼带回到火堆边。鹈鹕急匆匆地爬上岸，一瘸一拐地跟着我们来到休息地。它眯着眼睛瞅了瞅老爷

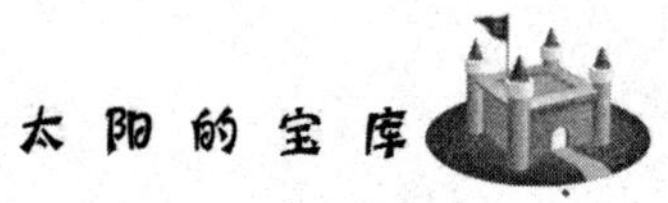

爷，仿佛在竭力回想着什么。老爷爷直发抖。但这时鹈鹕见到了鱼，便张开大嘴发出敲击木头的声音，叫了一声“呜哎克”，就没命地拍起翅膀，一边还用长着蹼的脚在地上直跺。从旁边看去，那鹈鹕恰似在踩踏一部抽水机。

篝火里飞起阵阵灰屑和火星。

“它这是干什么？”老爷爷惊恐地问，“疯了还是怎么？”

“它在要鱼吃。”鲁维姆解释道。

我们扔给鹈鹕一条鱼。它把鱼吞下肚去，接着就又用翅膀扇起空气来，一蹲一蹲地跺着脚，赖着要鱼吃。

“去，去！”老爷爷对它唠叨着，“老天会给你的。嗬，拍起翅膀还没完了！”

整整一天，这鹈鹕都在我们身边转悠，时而吱吱叫，时而大声啼，但却不让我们捉到它。

傍晚我们走了。鹈鹕爬上一个草墩子，在我们身后扇动着翅膀，气咻咻地大喊：“呜哎克，呜哎克！”大概是它不满意我们把它扔在了湖上，它在求我们回去呢。

过了两天，老爷爷进了趟城，在集市广场上找到了动物园，把鹈鹕的事说了。从城里来了一个郁郁不乐、满脸麻子的人把鹈鹕弄走了。

老爷爷从动物园得到了 40 卢布的酬劳，用它买了一条新裤子。

“我这裤子是头等货，”他扯着裤腿说，“直到梁赞城，大伙都在谈论着我的这条裤子哩。听说还上了报纸。这只蠢鸟闹得整个集体农庄都出了名。瞧瞧，孩子，这就是咱们的生活！”

（1936 年）

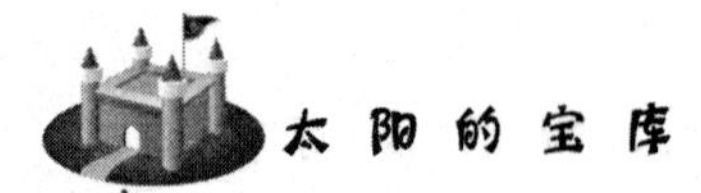

金色冬穴鱼

在草场上的割草时节，最好不去那儿的湖上钓鱼。这我们知道，但还是去了普罗尔瓦河。

不愉快的事立即在魔鬼桥那边发生了。

穿得花里胡哨的女人们正在那里垛干草。我们决定从她们的身边绕过去，可是女人们发现了我们。

“哪儿去啊，雄鹰们?”女人们哈哈大笑着高声叫道，“钓鱼自管钓，啥也捞不到!”

“姐妹们，信我的没错，他们这是去普罗尔瓦河!”外号叫预言家的瘦高个寡妇格鲁莎喊道，“他们只能是去那里，这些倒霉蛋儿!”

整整一个夏天，女人们都在捉弄着我们。不管我们钓到多少鱼，她们总是遗憾地说：

“唉，够给自个儿熬碗鱼汤的，这也就不错了。前几天我的彼得卡还弄来十条鲫鱼呢。那才叫肥呢，顺着尾巴往下滴油!”

我们知道，彼得卡总共只不过弄到两条瘦鲫鱼，不过我们没吭声。跟那个彼得卡我们有自己的账算：他割去了鲁维姆的英国渔钩，还跟踪探出了我们撒饵诱鱼的地方。按钓鱼的规矩，为这个我们就该把彼得卡狠揍一顿，但我们饶过了他。

直到我们走到未割的草场上，女人们才算是安静了。

高大的甜酸模草抽打着我们的前胸。肺草发散着强烈的甜

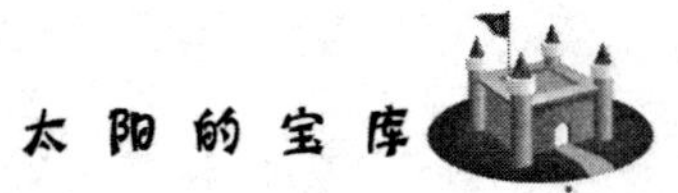

味，致使洒落在梁赞广阔田野上的阳光，看上去仿佛是一片流动的蜜汁。我们呼吸着野草暖丝丝的香气，熊蜂在四周嗡嗡飞舞，蠡斯吱吱鸣个不停。

百年古柳的叶子泛着淡淡的银光，在头顶上沙沙作响。普罗尔瓦河上飘来睡莲和清凉水的气味。我们静下心来，甩出了渔钩，可是突然间外号叫“百分之十”的老爷爷从草地上蹒跚走来。

“喂，鱼儿怎么样?”他眯起眼望着被太阳照得闪闪发光的河水，问道，“咬钩吗?”

谁都知道，钓鱼时不能说话。

老爷爷坐下，抽起马合烟来，又动手去脱鞋子。他仔细地将那双破了的树皮鞋打量了很久，大声地叹息着说：

“割草的时候到底还是把鞋穿破了。不，今天鱼不会咬你们的钩了，都吃饱了。鬼才知道它们喜欢什么鱼食。”

老爷爷不作声了。岸边有一只蛤蟆无精打采地叫了起来。

“喃，呱呱地叫起来啦!”老爷爷嘟哝着，朝天上瞥了一眼。

一抹淡红的烟雾罩在草场上空。透过这层烟雾现出一片淡白的青天，一轮黄色的太阳高挂在灰白色的柳树林上空。

“北风!”老爷爷叹了一口气说，“傍晚想必会有一场好雨喽。”

我们仍是不作声。

“蛤蟆也不是随便叫的，”老爷爷解释道，我们的闷闷不乐和默不作声令他有点不安，“孩子，来雷雨前蛤蟆总会惊慌不安，到处乱蹦。前几天我在一个船夫那里过夜，我俩在火堆上

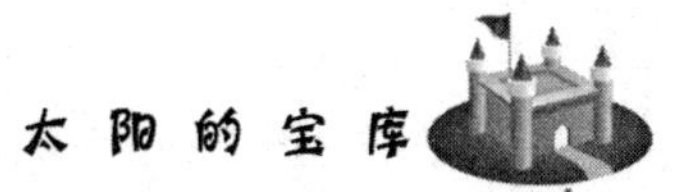

煮了一锅鱼汤。有一只至少1千克重的蛤蟆一下子蹦到锅里煮烂了。我说：‘瓦西里，咱们可喝不成鱼汤了。’他却说：‘我哪儿在乎什么蛤蟆！跟德国人打仗时我到过法国，那里的人可能吃蛤蟆了。吃吧，别怕。’我们就把那锅汤全喝光了。”

“没怎么样？”我问，“还能吃吧？”

“味道挺不错。”老爷爷答道。他眯缝起眼睛想了想说：“我给你用树皮编件上衣，想要吗？孩子，我用树皮给全苏展览会编过一套三件套的西装，就是上衣、裤子和坎肩。编树皮鞋整个集体农庄没有比我编得再好的了。”

过了两个钟头，老爷爷才走了。当然喽，鱼没有上钩。

世界上没有谁能像钓鱼的人有这么多对头了。首先是那些小孩子。他们会一连几个钟头站在背后呆呆地盯着鱼漂，这还算好的。

糟糕的是有时他们在附近游起泳来，还潜水，像马似的弄得水花四溅。这种时候就只好收起钓竿，另换个地方了。

除了小孩子、女人和多嘴多舌的老头子之外，我们还有更厉害的敌人呢，那就是水下的树根、蚊子、浮萍、暴风雨、连阴天，还有就是河里、湖里涨水。

在水底树根子多的地方钓鱼很是诱人，藏在那里的都是些又大又懒的鱼。这些鱼吞饵时又慢又稳，把鱼漂儿深深地拉到水下，钓丝会缠在水中的树根上，钓丝和鱼漂会被一齐拉断。

蚊子咬后的那种奇痒令我们浑身颤栗。前半个夏天我们全都被蚊子咬得浑身是血，到处是包。

在无风而炎热的日子里，不分昼夜，天上总是一动不动地停着一团团棉花样松蓬蓬的白云，在河湾处和湖水中就会出现

一些纤细的水草，好像绿霉，那是浮萍。一层绿色的膜黏糊糊地漂在水面上，厚得连铅坠都穿不透它。

暴风雨要来的时候鱼就不咬钩了。鱼害怕雷雨，害怕响雷前的寂静，那时远处雷声隆隆，震得大地颤抖。

在连阴天或涨水时鱼也不咬钩。

然而，有雾或空气清新的早晨该多么美妙啊！水面上的树影伸展得远远的，近岸的水中一群群鼓着眼睛的雅罗鱼悠闲地游来游去。在这样的早晨，蜻蜓喜欢落到翎毛制成的鱼漂上，我们则屏息凝神地注视着鱼漂如何突然连同蜻蜓慢慢地斜向水面，蜻蜓的爪子一沾水就急忙飞起来。这时鱼线的头上正有一条欢蹦乱跳的大鱼，拉紧鱼线在水底游动。

一条条活蹦乱跳的银色雅罗鱼落到浓密的草地上，落在蒲公英和三叶草丛中，好看极了！林间湖泊的上空，那布满半个天空的落日余晖，那轻烟似的薄云，那冰冷的百合花茎，那篝火的噼啪声，那野鸭的鸣叫，这一切又是何等美妙啊！

老爷爷说对了，傍晚时分大雷雨降临了。它在森林之中闷声闷气地咕哝了很久，后来犹如一堵尘埃筑就的墙直冲天顶，随之在远处的云朵间迸发出第一阵闪电。

我们在帐篷中一直坐到夜里。半夜雨停了。我们燃起了一个大大的火堆，烤干身上的衣服。

夜间的鸟儿在草地上哀鸣。在普罗尔瓦河黎明前的天空中有一颗白色的星在闪烁。

我打起盹儿来。一阵鹌鹑的鸣声将我惊醒。

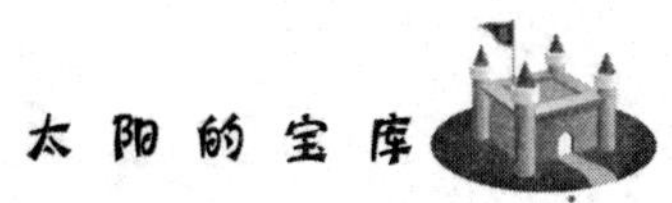

“彼季帕拉！彼季帕拉！彼季帕拉！[①]”它就在附近的野蔷薇和鼠李丛中鸣叫。

我们手攀着树根和杂草，顺着陡峭的河岸走到水边，河水犹如一块黑色的玻璃在闪闪发光。河底的细沙上看得见蜗牛爬过时留下的小径。

鲁维姆在离我不远的地方甩下了钓钩。几分钟之后我就听到他招呼我的轻轻口哨声。这是我们钓鱼人的语言。三声短促的口哨意思是：“丢开一切，快到这儿来！”

我蹑手蹑脚地走到鲁维姆身边。他默不作声地指着鱼漂叫我看。一条怪鱼在那里咬钩。鱼漂摇摆着，一会儿向右偏一会儿向左偏，颤动个不停，却不下沉。

它斜向一旁，稍一进到水里，即刻又漂了起来。

鲁维姆傻呆呆地站着，因为只有那种很大的鱼才这样咬钩……

鱼漂飞快地移向一边，停住，竖直了，这才开始慢慢往下沉。

“沉了，”我说，“起钩！”

鲁维姆一抖钓竿。钓竿弯成了弧形，鱼线呼的一声切人水中。那条看不见的大鱼紧紧地拉着鱼线慢慢地兜着圈子。太阳光透过白柳丛照射到水里，我看见水下泛着亮闪闪的青铜色，这是那条咬了钩的鱼在挣扎着退向深水处。过了几分钟之后，我们才把它弄上来。原来这是一条动作慢吞吞的大冬穴鱼，披着一身金光闪闪的暗色鳞片，黑黑的鳍。它躺在湿漉漉的草地

① 俄语意为“该喝茶啦!”。

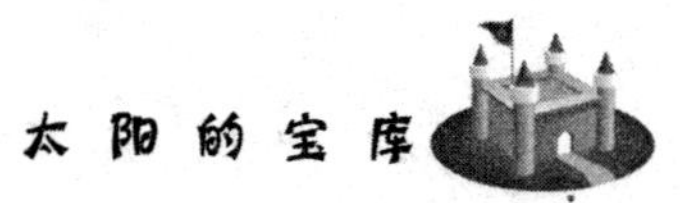

上，缓慢地摆着肥厚的尾巴。

鲁维姆擦去额上的汗，抽起烟来。

我们不再钓了，收好渔竿，向村里走去。

鲁维姆扛着鱼。冬穴鱼重重地搭在他的肩上，水珠从鱼的身上滴落下来；鱼鳞闪着耀眼的光，犹如从前教堂的那些金色的圆顶。在晴朗的日子里，那些圆顶在 30 千米以外就看得到。

我们故意穿过草场，从女人们的身边走过。那些女人一见到我们，都扔下手里的活儿来看这条冬穴鱼，像看耀眼的太阳那样用手遮着眼睛。

女人们一声不响。随后，从她们那穿得花花绿绿的人群中传来一阵悄声的赞许。

我们坦然自得地从女人们中间走过。她们之中只有一个人叹了一口气，拄着草耙，冲着我们的背影说道：

“你们弄的这条鱼真漂亮，晃得眼睛疼！”

我们从容不迫地扛着这条冬穴鱼穿过了整个村子。老太太们从窗子里探出身子来望着我们的背影。小孩子们跟在我们后边跑，死乞白赖地缠着问：

“叔叔，哎，叔叔，在哪儿钓的？叔叔，叔叔，用的什么鱼食？”

“百分之十”老爷爷弹了弹冬穴鱼硬硬的金鳃，笑了起来：

“哦，这下子女人们的嘴巴可要闭上了！要不她们老是嘻嘻哈哈的，现在可是另一码事喽，不一般了。”

从此以后我们不再绕着女人们走了。我们直冲着她们走过去，她们和气地喊着说：

“你们钓吧，尽管钓！要能给我们弄点儿来也不赖！”

这样一来，公正就得胜了。

（1937 年）

贼猫

我们毫无办法，不知怎么才能捉住那只棕黄色的猫。它每天夜里都来偷我们的东西，它躲闪得灵巧极了，我们当中谁也没能看清它到底是个什么样儿。过了一个星期之后，才算是摸准了：那猫的一只耳朵上有撕裂的口子，肮脏的尾巴断掉了一截。

这只猫天良丧尽，是个地地道道的无赖、强盗。我们私下里都叫它沃留加①。

它偷鱼，偷肉，偷酸奶和面包，什么都偷。有一次，它竟然在贮藏室里把装蚯蚓的罐头盒给翻了个底儿朝天。蚯蚓它倒是没吃，可是一些小鸡跑来，把我们存的蚯蚓吃了个精光。那些饱餐了一顿的小鸡躺在阳光下，叽叽地唱着。我们走过它们身边，痛骂了一顿。可是，有什么用呢?！反正鱼是钓不成了。

为了探寻黄猫的踪迹，我们用了差不多一个月的时间。村里的孩子们也帮助我们找。一天，他们跑来，呼哧呼哧地喘着粗气，说是天刚亮时，看见那只猫跑跑蹲蹲地穿过菜园，嘴里还叼着一串儿鱼头。

我们马上跑进地窖，发现果然丢了一串儿鱼头，那是十个

① 俄语意为“小偷、贼”。

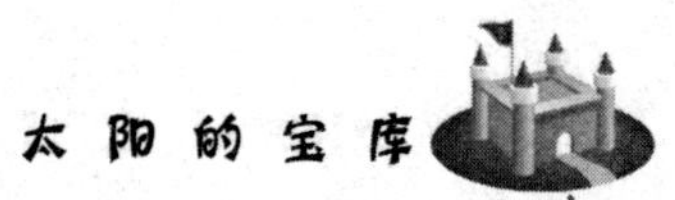

挺肥的鲈鱼头。鱼是我们在普罗尔瓦河钓到的。

这已经不仅仅是偷盗，简直是大白天抢劫了！我们发誓一定要捉到这只猫，揍它一顿，让它的强盗行为受到惩罚。

就在当天晚上，猫被捉住了。

当时它从饭桌上偷走了一段下水灌肠，正叼着爬上一棵白桦树。我们摇晃起白桦树来，灌肠掉下来砸在鲁维姆的头上。猫在树上瞪眼盯着我们，愤怒地嗷叫着。

它看到得救是不可能的了，就一面可怕地哀号着，一面猛地跳下白桦树，摔到地上，再一腾身，像踢出的足球一样蹿到房子底下去了。房子很小，坐落在弃置不用的荒芜了的果园里。每天夜里，我们都要被苹果掉落在房顶木板上的声音惊醒。

房里杂乱地放着钓竿、弹弓、苹果和干树叶子。我们只是晚上在这儿过过夜。每天白天，从天亮到天黑，我们都是在那数不清的河汊子边和湖岸上度过的。我们在那儿钓鱼，然后在岸边的丛林里架起火堆。为了走到湖边去，就得在芬芳的草丛中踩出一条条窄窄的小径，蒿草的花朵在头上摇晃，黄色的花粉撒在我们的肩膀上。

傍晚，我们走回来，皮肤被野蔷薇划得到处是口子，太阳一晒，火辣辣地疼。我们疲惫不堪，带回来一串串银光闪闪的鱼。每一次回来，我们听到的都是黄猫又干了什么坏勾当。

猫到了这里算是自投罗网了，它钻进了房底下唯一的一个窄小的出入口，进了死胡同。我们在出入口布好了一张旧渔网，耐心等着。可是，那猫不出来，它烦人地不断哀号着，不知疲倦地哀号着。过了一个小时、两个小时、三个小时……到

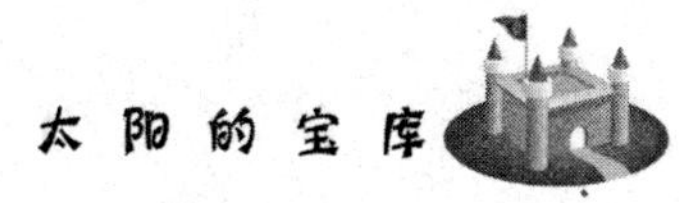

该睡觉的时候了，可是，猫仍在房子底下号叫，实在叫我们发烦心焦。

于是，我们把村里鞋匠的儿子廖卡叫来。他最大胆、最机灵，我们叫他设法把猫从房子底下弄出来。

廖卡拿了根钓鱼的丝线，把白天钓的一条鳊鱼拴在钓丝的一头，再把它投到地板下面去。

猫不叫了。接着，我们听到猫贪婪地咬碎东西的咯吱声，这是猫的牙齿咬住了鱼头。廖卡开始往外拽钓丝，猫死死地咬住，绝望地挣扎着，不想放开这美味的食物。可是，廖卡劲儿大，过了一分钟，猫脑袋就在出入口那儿露出来了，嘴紧紧地咬着鳊鱼。

廖卡一把揪住猫脑后的皮毛，把它从地上提起来，我们这才第一次仔细地看清楚了它的模样：它眯着眼睛，耷拉着耳朵，提防地将尾巴贴住身子。尽管不断地偷东西，可它还是瘦骨嶙峋的，毛色棕黄透红，肚子上有白色斑点，这是一只无家可归的野猫。

看着猫，鲁维姆沉思地问道：

“咱们拿它怎么办呢?”

“揍它一顿!”我说。

“那没用，”廖卡说，“它从小就是这个脾气。”

猫眯眼等着。

这时，鲁维姆出人意料地说：

“要饱饱地喂它一顿!”

我们就这样做了。把猫拖进贮藏室，给了它一顿丰盛的晚餐：有煎猪肉、鲈鱼冻、煎奶渣饼和酸奶油。猫足足吃了一个

多钟头，然后，东摇西晃地走出了贮藏室，坐在门槛上洗起脸来，不时用那绿色的、无赖汉似的眼睛望望我们，望望天边低垂的星星。

洗完脸，它打着响鼻，把头往地板上轻轻地蹭着，看来这是表示它很痛快。我们真担心它会磨掉后脑勺上的毛。然后，它又翻身仰面躺着，扑捉自己的尾巴，用嘴嚼嚼再吐出来。最后，它在炉子旁边伸长了身子，安静地打起呼噜来。

从这一天起，它就在我们这儿住下来，并且再也不偷东西了。

第二天早晨，它甚至还干了一件出人意料的高尚的事。

几只鸡飞上摆在果园里的饭桌，它们挤做一团，争着啄食盘子里盛着的荞麦饭。猫气得浑身发抖，悄悄地走近，发出短促的呜呜声，一跃身跳上桌子。

鸡咯咯大叫着飞起来，掀翻了牛奶罐，羽毛四散地向果园外逃去。

外号叫“大嗓门儿”的一只长腿傻公鸡，打嗝似的叫着在前面飞跑，猫紧跟在它身后，用一条前腿的爪子扑打着公鸡的后背，公鸡身上腾起一股灰尘和绒毛，体内发出一阵响声，就好像猫爪拍打着一只皮球似的。

公鸡挨打之后，有好几分钟像犯了抽风病一样躺着，直翻白眼，小声呻吟着。我们用冷水去泼，它才缓醒过来。

从此，鸡群再也不敢偷嘴了。一见到猫，它们就尖叫着，一个挤一个地钻进房子底下藏起来。

猫像个主人和看守似的，在房子里和果园中走来走去。它常常在我们鞋上、腿上蹭着脑袋，一绺绺棕色的绒毛挂在我们

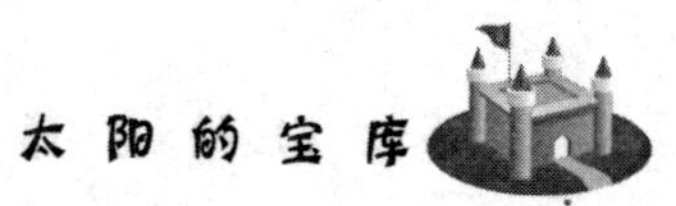

裤子上：它在请求我们酬谢它哩！

我们给它改了名，把贼猫改成“警猫”了。虽说鲁维姆再三坚决表示这很是不妥，但是我们深信，民警同志们不会因此而怪罪我们的。

（1936 年）

兔脚掌

瓦尼亚·马利亚温从乌尔任湖到我们村来找兽医。他用破棉袄裹着一只暖乎乎的小兔子。这只兔子流着眼泪，不时地眨着哭红了的眼睛……

“你傻了还是怎么？”兽医对他吼着，“过不了多久，就会把耗子弄这儿来了。你这淘气包！”

“您别骂人啊，这可是一只不平常的兔了，”瓦尼亚哑着嗓子悄声说，“是爷爷叫送来治的。”

“治什么呀？”

“它的脚烧坏了。”

兽医把瓦尼亚的身子转过去对着门，然后一推他的后背，在他背后喊道：

“快走，快走！我不会治。加点葱炒一炒，就成了你爷爷的一盘下酒菜了。”

瓦尼亚一声没吭。他走到门廊那里，眨巴着眼睛，抽动着鼻子，把头扎在圆木垒的墙上。眼泪顺着墙流了下来。小兔子裹在油渍渍的棉袄里，微微抖动着。

“孩子，你怎么啦？”好心的阿尼西娅老太太问瓦尼亚。她正牵着自家仅有的那只羊来找兽医。“你们这两个可怜的家伙，怎么都哭了？是不是出了什么事儿？”

“爷爷的这只兔子让火给烧坏了，”瓦尼亚小声说，“树林子着火时它的脚掌烧坏了，不能跑了。你看，眼瞅着就要死了。”

“孩子，不会死的，”阿尼西娅喃喃地说，“回去跟你爷爷说，要是他特别想把这只兔子治好，就让他进城去找卡尔·彼得罗维奇好啦。”

瓦尼亚擦去眼泪，穿过树林往乌尔任湖走去，他回家了。他不是走，而是光着脚在滚烫的沙子路上跑。不久前的森林大火在湖边上转向北方烧去。空气中散发着焦味和干丁香味。那丁香本是一大簇一大簇地长在林中空地上的。

小兔子在呻吟。

瓦尼亚在路边寻到一些长得蓬松的、叶子上覆着一层银色软毛的草，拔出来铺在一棵小松树下，打开衣服把小兔子放出来，兔子见到草就把头钻进去，不再吭声了。

“你怎么啦，小兔子？”瓦尼亚小声问道，“吃点儿吧。”

小兔子仍不吭声。

“你吃点儿吧，”瓦尼亚又说了一遍，声音颤抖着，“八成儿想喝水？”

小兔子把那只有豁口的耳朵动了动，闭上了眼睛。

瓦尼亚捧起小兔子穿过树林朝湖边跑去，要赶快让小兔子喝点湖里的水。那年夏天，笼罩在森林上空的酷热真是闻所未闻。早上一朵朵浓浓的白云飘来，到了中午云朵就直升天顶，

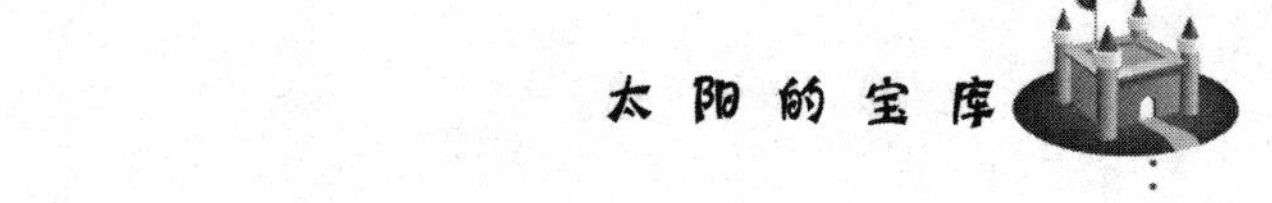

眼看着疾驰而去，消失在天边。猛烈的热风已经不停地吹了两个星期。顺着松树干淌下来的松脂都变成了琥珀状的松香。

第二天早晨，爷爷裹上新包脚布，穿上一双新树皮鞋，拿了拐杖，再带上一块面包，就进城了。瓦尼亚则抱着小兔子跟在他身后。兔子一声不响，只是有时全身抖动抖动，颤抖地喘着气。

城市的上空，干风卷起一阵尘土，软软的像面粉。尘土团中有鸡毛、干树叶和麦秸。远远看去，城市的上空仿佛笼罩着失火时冒出的轻烟。

集市广场上空旷无人，酷热难耐；拉车的马站在供水所旁边打盹儿，马脑袋上全都扣着草帽。爷爷画着十字说：

“马不像马，新娘不像新娘，鬼知道像个啥！”说完，他吐了口唾沫。

他们向行人打听卡尔·彼得罗维奇，打听了很久，谁也没说清，于是他们就走进了一家药店。一个肥胖的老人戴着夹鼻眼镜，身穿一件短短的白大褂。他生气地耸耸肩说：

“岂有此理！这问得可够奇怪的！卡尔·彼得罗维奇·科尔什是儿科专家，已经有三年不看病了。你们找他干吗？”

爷爷出于对药剂师的尊敬，同时也是由于胆怯，结结巴巴地讲了兔子的事儿。

“岂有此理！”药剂师说，“咱们城里可来了有意思的患者了。真是岂有此理！”

他神经质地摘掉夹鼻眼镜，擦了擦，重新夹到鼻梁上，眼盯盯地看着爷爷。爷爷默不作声，踌躇着。药剂师也沉默着。双方都默默无言，令人难受。

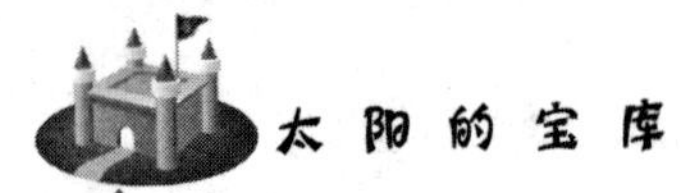

“邮政街3号！”药剂师突然气咻咻地喊道，同时把一本翻得已经卷了页的厚书啪的一声合上。“3号！”

爷爷和瓦尼亚赶到邮政街时正是时候，当时高空中有一场大雷雨正巧从奥卡河对岸赶来了。天边传来懒洋洋的雷声，恰似一个睡意蒙眬的大力士在那边伸懒腰，很不情愿地摇动着大地。河面上震起灰色的涟漪。无声的闪电迅猛有力地悄然冲向草地；在波利亚内空旷地的那边，一个麦草垛已被闪电点燃，正在起火燃烧。大大的雨滴落在覆满尘土的道路上，路面很快就变成月球表面的样子了，每个雨滴都在尘土上留下一个小小的环形山。

当爷爷杂乱的胡须凑近窗口时，卡尔·彼得罗维奇正在弹奏着一首伤感悦耳的钢琴曲。

过了一会儿，卡尔·彼得罗维奇就生气了。

“我不是兽医，”他说道，啪的一声把钢琴盖盖上。这时草地上空响起了闷雷。“我一辈子都是给孩子治病，没给兔子治过。”

“不管是孩子还是兔子，全都一个样，”爷爷固执地嘟哝着，“都一个样！给治治吧，发发善心吧！我们那位兽医治不了这种伤。他在我们那里是个半吊子兽医。这只兔子可以说是我的恩公，对我有救命之恩，我得报答它，可你却让我把它扔掉！”

又过了一会儿，卡尔·彼得罗维奇，这位长着杂乱的灰色眉毛的老人，心情激动地听着爷爷结结巴巴地讲起那段故事。

卡尔·彼得罗维奇终于答应给兔子治伤了。第二天早晨爷爷动身回湖边的家中去了，把瓦尼亚留在卡尔·彼得罗维奇这

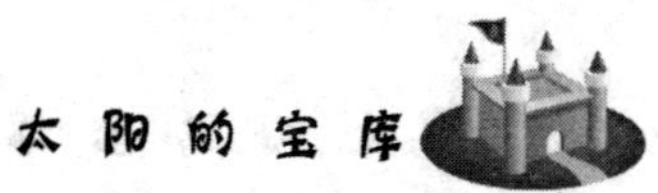

里照料小兔子。

过了一天，整个鹅观草丛生的邮政街都已经知道了，卡尔·彼得罗维奇在给一只兔子治伤。那只兔子是因为在一次森林大火中救了一个老头儿被烧伤的。又过了两天，整个小城都知道了这件事。第三天，一个头戴细毡帽的细高个子青年来拜访卡尔·彼得罗维奇，他自称是莫斯科一家报社的工作人员，请求接受采访有关小兔子的事。

小兔子被治好了。瓦尼亚把它裹在破棉衣里带回了家。不久大家就把小兔子的事忘了，只是莫斯科有那么个教授老是缠着爷爷要买这只兔子。他甚至还随信寄来了回信的邮票。可是爷爷没有让步。由他口授，瓦尼亚给教授写了一封口信：

这只兔子是不出售的，这是个生灵，让它自由自在地生活好啦。

拉里翁·马利亚温 敬上

今年秋天我曾在乌尔任湖的拉里翁老爷爷家借宿。满天的寒星，犹如一粒粒冰屑在湖水中荡漾。干芦苇沙沙作响。野鸭在草丛中冻得整夜哀鸣。

老爷爷睡不着觉。他坐在火炉边修补破渔网。后来他生起茶炊，屋子里的玻璃窗上便立刻布满了水汽，外面的点点灯光就变成了模糊的光球。小狗穆尔济克在院子里汪汪地叫。它跳到暗处咯咯地磨着牙，然后再跳到一边。它在跟 10 月这漆黑的夜打斗哩。小兔子睡在穿堂里，有时在睡梦中它会用后爪子很响地在地板上蹬几下。

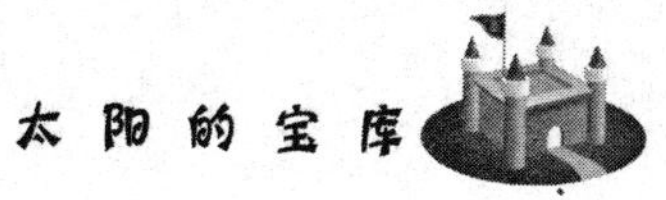

我们喝着夜茶，坐等着要过好久才会姗姗而来的黎明。在喝茶时，老爷爷终于对我讲起了那只兔子的故事。

8 月的一天，爷爷到湖的北岸去打猎。树木干得像火药。爷爷遇上一只左耳上有豁口的小兔子。爷爷用那支铁丝捆绑着的旧猎枪朝它开了一枪，可是没打中，兔子溜了。

爷爷继续往前走。可是突然他警觉起来：从南方的洛普赫那边传来一阵浓烈的焦糊气味。风刮起来，烟越来越浓，林子里漫过一层白烟，弥漫在灌木丛里，呼吸都感到困难了。

爷爷明白，这是森林失火了，大火正在向他直扑过来。风愈刮愈烈。大火极其迅猛地在大地上蔓延。爷爷说，即使是火车都逃不出这样的大火。爷爷说得对，在飓风中大火的速度为每小时 30 千米。

爷爷顺着塔头墩子跑，跌跌撞撞，不时摔倒在地，浓烟呛得他眼睛疼痛难忍，只听得背后一片轰鸣，火焰噼啪作响。

死神赶上了爷爷，已经抓住他的肩膀了，这时爷爷的脚下蹿出一只兔子，拖着两条后腿，跑得很慢。爷爷后来才发现，兔子的两只后爪子被烧坏了。

看到兔子，爷爷就像见到了亲人一样，非常高兴。爷爷常年住在森林里，他知道野兽比人强得多，能知道火是从什么方向来的，总能得救。只有在被大火包围的罕见情况下，它们才会被烧死。

于是爷爷就跟在兔子后头跑。他跑着，害怕得直哭，嘴里喊着："等等，乖乖，别跑得这么猛！"

兔子把爷爷带出了火场。当跑出森林来到湖边时，兔子和爷爷双双累倒在地。爷爷抱起兔子，把它带回了家。兔子的两

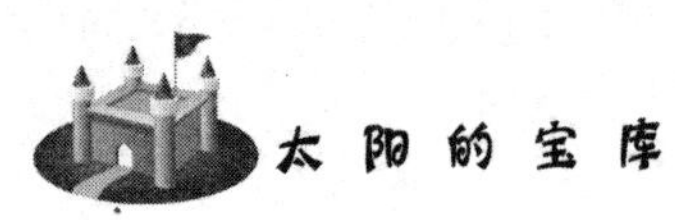

只后脚掌和肚子都被烧伤了。后来爷爷给它治好了伤，就把它留养在身边了。

“是啊，”爷爷气呼呼地看着茶炊，好像这一切都是这只茶炊的罪过，“是啊，这样一来，老兄，我对这只兔子可是犯下罪过了。”

“怎么犯下罪过了呢?”

“那你就去看看那只兔子，看看我的恩公，你就知道了。拿上灯!”

我从桌子上拿起灯，出门走进穿堂。兔子睡得正香。我用灯照着俯下身去，发现那只兔子的左耳朵上有个豁口儿。于是我就全都明白了。

（1937 年）

礼　物

每当秋天临近的时候，人们就议论开了，说是自然界有很多事情都不是按照我们的意愿安排的。我们这里冬季漫长，旷日持久，夏季比冬季短得多，而秋天更是一转眼就过去了，给人的印象犹如一只金翅鸟在窗外飞闪而过。

守林人的孙子瓦尼亚·马利亚温是个十四五岁的孩子，很喜欢听我们谈话。他常常从乌尔任湖爷爷的护林所那里到村里我们这儿来，有时拿来一筐白蘑菇，有时拿来一筛子越橘果，要不就那么空手来了。他到我们这儿来做客，听我们闲谈，读读《环球》杂志。

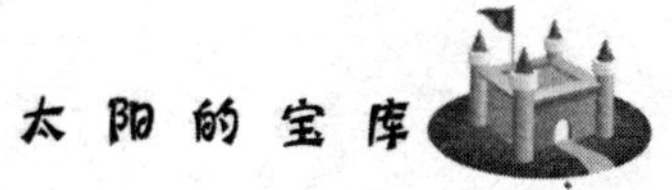

厚厚地装订成册的这种杂志和船桨、提灯，还有一个旧蜂箱一起，放在贮藏室里。蜂箱本来是用含胶的颜料涂成白色的。现在颜色一大块一大块地从干木头上剥落下来，木头散发出一股陈蜂蜡的气味。

有一次，瓦尼亚拿来一棵连根挖出来的小白桦树。他用湿苔藓包着树根，再用席子裹好。

“这是送给你们的，”他说着不由得脸一红，“一件礼物。请把它栽到一个大木桶里，再放到一间暖和的屋子里，那么整个冬天它都会是绿绿的。”

“你这个怪人，干吗把它挖出来?”鲁维姆问道。

“你们不是常说舍不得夏天嘛，”瓦尼亚答道，“爷爷就教给我这个办法，他说：‘你到去年失过火的那片树林里去，那里有不少长了两年的桦树，像野草似的，人都走不过去。你挖出一棵来送给鲁姆·伊萨耶维奇（爷爷这样称呼鲁维姆)。他老是惦记着夏天。这样一来，在严寒的冬天里他就能看见夏天的样子了。外面大雪纷飞的时候，能看到绿色的树叶，那当然是一件高兴的事儿。’”

“我不光舍不得夏天，我还舍不得秋天呢。”鲁维姆说着，用手抚摸着白桦细嫩的叶子。

我们从贮藏室找来一只箱子，装满泥土，就把这棵小白桦栽上了。我们把箱子搬进一间最明亮、最暖和的屋子里，放在靠窗户的地方。过了一天，小白桦低垂的枝条变得舒展挺拔了，整棵小白桦显得喜气洋洋的。每当过堂风闯进房间，气呼呼地把房门弄得怦然作响时，小白桦的叶子也会发出沙沙的响声。

家园的故事丛书

果园里已是一派秋色了，而我们这棵小白桦的叶子却仍是那样碧绿、鲜活。枫树披满暗红色的叶子像一团团火，卫矛树变成了玫瑰色，亭子上的野葡萄藤已经干枯。即使长在园子里的白桦，有些地方也出现了绺绺黄叶，犹如不甚老的人头上最初出现的那种白发。然而，房间里的这棵小白桦却似乎显得越发年轻了。我们没发现它有任何凋零的迹象。

一天夜里初寒来袭。它向着房屋的玻璃窗上吹冷气，使玻璃覆上一层水珠，它把粒粒霜花撒在房顶上。它还使得人们走起路来脚下发出咯吱咯吱的声响。似乎只有星星对初寒的降临感到高兴，它们比在温暖的夏夜里闪烁得更明亮了。这天夜里我被一阵悠扬悦耳的牧笛声唤醒，黑暗中牧笛在吟唱。窗外淡蓝色的霞光隐约可辨。

我穿好衣服，走到花园里。凛冽的寒气冷水般扑到脸上，睡意顿消。朝霞正浓，东方淡蓝的天空变成了一片深红色的烟雾，恰似大火时的烟尘。烟雾变亮，渐渐透明了，透过它可以看到远方金黄色和玫瑰色的朵朵柔云。

没有风，但园中的树叶却在不住地飘落。经过这一夜，桦树的叶子一直黄到了树梢，犹如绵绵苦雨洒落不停。

我回到房间里，屋子里暖融融的，令人昏昏欲睡。在淡白色的霞光中，那棵小白桦依然挺立在木箱里。我突然发现，一夜之间它几乎完全变成了黄色，有几片柠檬色的叶子已经躺在地板上了。

室内的温暖并没有能够拯救这棵小白桦。又过了一天，它的叶子就全部落光了，仿佛不愿落在自己成年朋友的后面似的。而它的那些朋友们在丛林中、在秋后显得潮湿的林中旷地上，早已是叶子落得光光的了。

瓦尼亚·马利亚温、鲁维姆和我们大家都有些难过。我们本来已经深信，在雪花飞舞的冬日，在白色阳光和红色炉火欢快照耀着的室内，那棵小白桦仍将是绿油油的。我们对夏日最后的记忆消失了。

当我们把试图挽救白桦树绿叶这件事讲给一位熟识的林区主任听时，他笑了。

“这是规律，”他说，“自然界的规律。如果树木在越冬之前不把叶子落尽，那就会有许多因素使它死亡。它会死于积雪的重压，积在叶子上的雪越来越多，最粗壮的枝条都会被压折；或者，秋天时叶子里会集聚许多对树木有害的盐分，而结冻了的土地却不能继续给树根供水，那么树木就必将在冬季的干旱中渴死。”

绰号叫“百分之十”的米特里老爷爷得知了小白桦这件事，他却有自己的解释。他对鲁维姆说：

“孩子，等你活到我这么大岁数再来争辩好了。要不，你老是跟我争，你自个儿都没有功夫好好地寻思寻思呢。我们老年人才会想事情哩。我们操心的事儿少，心里就老是琢磨着，这世界上什么跟什么是怎么个关系，这关系又该怎么解释。就拿这棵白桦树来说吧。不用你告诉我林区主任是怎么说的，我早就知道他会说什么。那个林区主任是个老滑头，他住在莫斯科的时候，听说他用电烧饭吃。这可能吗？”

“可能。”鲁维姆答道。

“可能，可能！”老爷爷故意学着他的口气说，“那么你看到过电吗？要是一个东西像空气似的没有外形，你怎么能看到

呢？你还是听我说说白桦树的事吧。人们之间是有朋友情分还是没有呢？那当然是有喽。可是人很自大，认为友情这东西只有人才有，所以在别的活物面前就趾高气扬的。可是，老兄哇，情分这东西四周到处都有。牛跟牛交朋友，燕雀跟燕雀要好，这就不用说了。一只公鹤被打死了，母鹤就会形容憔悴，哀号不止，一刻也不能安宁。各种花草树木也一样，有时也是有情分的。那么，林子里别的桦树叶子都落光了，你的那棵小白桦怎能不掉叶子呢？冬天它们大家受尽煎熬，唯独它在炉边烤得暖暖的，吃得饱饱的，收拾得干干净净的，那么到了春天它还有脸去见它们吗？叫它跟它们说什么好呢？它们也是有良心的啊。"

"唔，老爷爷，你这可是瞎扯了，"鲁维姆说，"跟你也扯不清。"

老爷爷嘻嘻笑了起来。

"没词儿了吧？"他挖苦道，"投降啦？你还是别跟我争了，没用。"

老爷爷咚咚作响地拄着拐杖，心满意足地走了。他深信在这场争论中他战胜了我们大家，同时也捎带着赢了那位林区主任。

我们把小白桦移栽到园子里的篱笆边，收集起它那些黄色落叶，夹在《环球》杂志里阴干了。

我们要在冬日里追忆夏天的企图便以此告终了。

（1940 年）

告别夏天

绵绵不断的冷雨一下就是几天。花园中潮湿的风儿在喧闹。每天一到下午 4 点钟我们就点上了煤油灯，不由得令人感到夏天已一去不复返，大地亦愈加陷入一片茫茫的雾中，陷入不舒适的黑暗与严寒之中了。

正值 11 月末，那是农村里最为愁闷的时日。猫蜷缩在一张旧软椅上整天睡觉，每当混浊的雨水打到窗子上时，它就在睡梦中抖动抖动身子。

道路全都被冲毁了。漂浮在河面上微微发黄的泡沫，像搅得起泡的蛋清，被激流冲走。未曾飞走的鸟儿藏身在屋檐底下。已经一个多星期了，无论是米特里老爷爷，无论是瓦尼亚·马利亚温，也无论是林管区主任，谁都没有来看望过我们。

每天晚上都是最好的时光。我们生上炉子，炉火呼呼地响，深红色的火光映在原木垒就的墙和一幅木刻画上晃动着。那是画家布留洛夫的一幅肖像。他仰靠在椅子背上望着我们，仿佛也像我们一样，把一本打开的书放在旁边，思索着读过的内容，同时也倾听着雨点打在木板房顶上的响声。

灯燃得亮亮的，残破的铜茶炊不停地哼着它那单调的曲子。只要把它一端进来，屋子里马上就显得舒适了，或许那是因为玻璃窗蒙上了雾气，看不见屋外那根日夜扑打着窗子的孤零零的白桦树枝了。

喝过茶之后，我们就坐在炉边读书。读着狄更斯篇幅浩长而情节动人的小说，或是翻阅着那一册册厚重的《田野》和《美术评论》杂志，在这样的夜晚，那真是再惬意不过了。

夜里，棕褐色的小狗穆尔季克不时在睡梦中呜咽。这时就得起来用一块温暖的破毛布裹上它。穆尔季克睡意蒙眬地表示感谢，小心地舔舔你的手，长舒一口气便又睡去了。黑夜里，室外风雨大作，一想到也许会有人在一眼望不到边的大森林里遇上这个阴雨连绵的黑夜，就会令人感到十分可怕。

一天夜里，我被一种可怕的感觉惊醒。我觉得自己在睡梦中变成了聋子。我闭着眼睛躺着，谛听了很久，终于明白了我并没有聋，只不过是屋外呈现着一派出奇的寂静。这种寂静被称之为“死寂”。雨声住了，风声息了，嘈杂不安的花园也变得悄然无息了，能够听得到的只有猫在睡梦中的喘息声。

我睁开眼睛。屋子里充满了匀静的白光。我起身走到窗前，窗外的一切都覆盖着皑皑白雪，一切都静悄悄的。在雾蒙蒙的天上，在仰望时令人头晕目眩的高空，悬着一轮孤月，周围闪烁着一圈淡黄的晕光。

何时落下了这场初雪？我走近墙上的简易挂钟。室内非常亮，钟盘上黑亮的时针历历在目，正指在两点上。

我是在半夜入睡的。也就是说，在两个小时之内，大地就发生了如此异乎寻常的变化。在这短短的两个钟头里，田野、森林和花园就全都被严寒的魔力征服了。

隔窗看去，只见一只灰色的大鸟落到花园里一棵枫树的树枝上。树枝颤动起来，抖落了一些雪花。鸟儿慢慢地腾起身又飞走了，可是雪花仍像缀在新年枞树上的玻璃雨珠一样，不断地飘落着。然后一切又重新寂静下来。

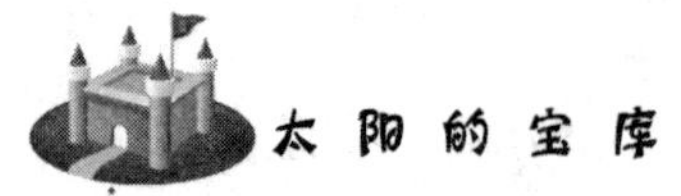

鲁维姆醒了。他久久地注视着窗外，后来叹了口气说：

“初雪把大地打扮得十分得体。”

大地披上了盛装，很像一位羞怯的新娘。

早上，不管是封冻的道路，门阶上的落叶，还是雪中露出的秆子发黑的荨麻，周围的一切都在沙沙地响着。

我们喝茶时，米特里老爷爷蹒跚地走了进来，向我们祝贺初雪。

“这样一来，大地也洗得干干净净了，”他说，“还是用银盆里的雪水洗的呢。”

“米特里，你这是从哪儿听来的这套嗑儿？”鲁维姆问道。

“难道不对吗？”老爷爷笑着说，“我那过世的妈妈讲过，说古时候的美人儿们都是用银盆盛上初雪洗脸，所以她们才能美貌永存。那还是彼得大帝以前的事哩。老兄，那时候这一带地方的森林里还时常有强盗打劫客商呢。”

在这入冬的头一天真是很难呆在家里。我们就动身到树林中的湖上去。老爷爷送我们走到树林边。他也很想去湖边走走，可是，“骨头酸痛得不让去”。

树林里十分庄严、明快，而且静谧。

天昏沉沉的，像在打盹儿。阴暗的高空不时有孤零零的雪花飘落下来。我们轻轻地对着雪花哈气，它们就化成了晶莹的水珠，随后就变得混浊起来，凝结了，像一颗颗小珠子滚落到地上。

我们在树林里徘徊着，直至黄昏，走遍了我们熟悉的所有地方。一群群红腹灰雀蜷缩着落在覆着雪的花楸树上。

我们摘下几串冻得通红的花楸果。这便是对于夏天和秋天

家园的故事丛书

最后的忆念之物了。

在一处叫拉林内池的小湖上总是漂着许多浮萍。现在湖水非常黑亮，而且澄澈透明，浮萍在入冬时都沉到湖底去了。

靠湖边结了一圈玻璃似的冰。冰层非常透明，即使在近旁都难以发现它。我发现岸边的水里有一群小鲤鱼在游来游去，就朝它们投了一块小石子。石子落到冰面上，噹的一响，小鲤鱼们银鳞一闪，全都蹿到湖水深处去了，冰面上留下石子砸出的一个小白点儿。这时我们才知道，原来岸边已经结上了一层冰。我们用手掰下了几片冰。它们发出碎裂声，在我们的手指上留下一股雪和越橘的混合气味。

林中空地上的某些地方有小鸟在飞来飞去，并且发出哀怨的叫声。头顶上的天空明亮而洁净，可是靠近地平线的地方就变成了一片浓重的铅灰色。带雪的阴云正从那里慢慢地移过来。

树林里越来越暗，越来越静了。终于，密密的雪花纷纷落下，融化在黑色的湖水里，落在脸上就痒痒的。雪如云似雾地笼罩着树林。

冬天开始在地面上大行其道了。不过我们都知道，如果用手扒开蓬松的雪，就会找到长在林中的鲜花；我们知道，炉中总会有火噼啪作响；我们还知道，山雀将留下来跟我们一道过冬。在我们看来，冬天也跟夏天一样的美。

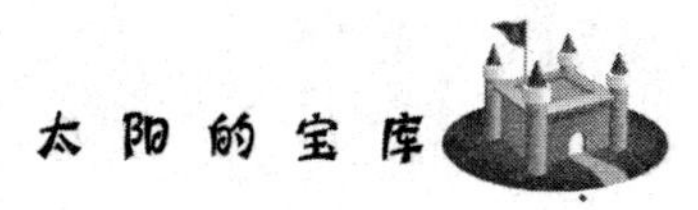

小小钢戒指

库兹马爷爷跟他的小孙女瓦留莎住在森林边的一个叫莫霍沃耶的小村子里。

那年冬季严寒，狂风怒吼，大雪飞扬。整个冬天也没有转暖过，木屋顶上老也没有融化的雪水急匆匆地滴落下来。夜间，森林里冻得浑身发抖的狼在嗥叫。库兹马爷爷说它们那样嗥叫是因为羡慕人。狼也愿意住在木屋里，搔搔痒，在炉炕上躺躺，把它们那结了霜的毛茸茸的身子暖和过来。

冬天才过了一半，爷爷的马合烟就抽光了。他咳嗽得很厉害，说自己身子骨太弱了，要是能抽上一两口烟，咳嗽马上就会减轻。

一个星期日，瓦留莎到邻近的佩列博雷村给爷爷买马合烟。一条铁路从那个村子边经过。瓦留莎买了马合烟，装进小布袋里，就到车站上去看火车了。列车很少在佩列博雷停车，差不多总是轰隆隆、咔嚓嚓地疾驶而过。

站台上坐着两个当兵的。其中的一个留着大胡子，长着笑眯眯的灰眼睛。一辆机车吼叫起来，从远处黑黝黝的森林那边风驰电掣地向车站开过来，吐着烟，喷着汽。

“是一列快车，”大胡子兵说，“当心，小姑娘，别叫火车把你刮到天上去。”

火车头向车站急驶而来。雪卷起来，迷了眼睛，接着只听得车轮嚓嚓地响，好像它们在相互追逐着。瓦留莎抓住路灯杆子，闭上眼睛——可别让火车把她从地上卷起来，别让车后的风把她带走。火车过去了，雪尘还在空中回荡，当它慢慢落下时，那个大胡子兵就问瓦留莎：

“你那个小口袋里装的什么？是马合烟吗？”

“是马合烟。”瓦留莎答道。

“也许你能卖点儿吧？我特别想抽一口哩。”

“库兹马爷爷不让卖，”瓦留莎断然答道，“这是给他压咳嗽用的。”

“哎，你呀，”士兵说，“你这穿毡靴的漂亮小姑娘，你可真厉害！”

“那么，要多少你就拿多少吧，”瓦留莎说着就把小布袋递给了士兵，“抽一口吧。”

士兵往大衣口袋里抖了些马合烟，还卷了一根粗烟卷儿。他点燃烟卷，用手托起瓦留莎的小下巴，笑眯眯地看着她的蓝眼睛。

“哎！你呀，”他又说了一句，“一双眼睛像紫罗兰，还梳着两根小辫！我送给你点什么好呢？这个好吗？”

士兵从大衣兜里掏出一枚小小的钢戒指，吹去上面的马合烟末儿和盐粉，又用大衣的袖子擦了擦，戴到瓦留莎的中指上，说道：

“好好戴着它吧！这是一只魔戒指。瞧它亮闪闪的！”

“叔叔，它怎么是魔戒指呢？”瓦留莎红着脸问。

“因为，”士兵答道，“你要是把它戴在中指上，它就会把健康带给你和库兹马爷爷。你要是把它戴在无名指上，”士兵拉过瓦留莎那只冻得通红的手指，“它会给你带来莫大的快乐。

家园的故事丛书

比方说，你想看到世界上的奇景，把它戴到食指上，就一定能看到。”

“真的吗？”瓦留莎问。

“你就信他的好啦，”另一个士兵的头缩在竖起来的大衣领里，闷声闷气地说，“他是个魔术师。你听说过有这种人吧？”

“听说过。”

“哦，他就是。他是老工兵。连地雷都没能要了他的命呢！”

“谢谢啦！”瓦留莎说完就往莫霍沃耶村的家里跑去。

起了风，雪下得越来越大了。瓦留莎一直摆弄着那个小戒指，翻过来掉过去地看着，看它如何在冬日的光线下闪烁发亮。

“那个当兵的怎么忘了告诉我，要是戴到小指头上会怎么样呢？”她心里纳闷。“我把它戴到小手指上试试看。”

她把戒指戴在小手指上。小手指很细，戴不住戒指，它从手指上滑落下来，掉进小路旁深深的积雪里，一下子就钻到深雪底下去了。

瓦留莎惊叫一声，就用两只手在雪地里挖了起来。可是戒指已经无影无踪了。她的手指冻得发青，都冻僵了，不能打弯儿。

瓦留莎放声大哭。戒指丢了！现在库兹马爷爷的身体不会好了，她也不会有莫大的快乐了，也见不到世界上的奇景了。瓦留莎在丢戒指的地点往雪里插了一根老枞树枝，就回家去了。她用手擦去眼泪，可是泪水仍然不断地涌出来，冻成了冰，这样眼睛就又痛又扎得慌。

家园的故事丛书

库兹马爷爷见到马合烟很高兴，把整个木屋抽得烟雾腾腾的。关于戒指的事嘛，他只是说：

“傻孩子，不用难过！它掉在哪儿，就在哪儿呆着。你去求求西多尔，它能给你找到。”

老麻雀西多尔正在架杆上睡觉，浑身毛蓬蓬的，像个毛球。西多尔整个冬天都住在库兹马爷爷的木屋里，自由自在得像个老爷。它不但对瓦留莎，而且还对这老爷爷使性子，迫使他们把它当回事儿。它直接从饭碗里啄饭吃，甚至力图从他们手里叼走面包。他们撵它走开的时候，它就生气，竖起羽毛，怒冲冲地唧唧叫着对抗，引得附近的麻雀都飞到房檐下来谛听。过后则久久地议论着，责怪西多尔的脾气不好。它住在木屋里，暖暖和和的，吃得饱饱的，它还不知足！

第二天瓦留莎抓住了西多尔，用头巾包住，就跑到森林里去了。雪堆里露出一段枞树枝。瓦留莎把它放到枝头上，请求道：

“你去找找吧，刨刨雪！也许你能找到。”

可是西多尔只对雪地怀疑地斜视了一眼，就唧唧叫着说：

“哪有的事儿！哪有的事儿！拿我当傻瓜……哪有的事儿！哪有的事儿！”它这样重复着，从树枝上腾身而起，飞回木屋去了。

这样一来，小钢戒指就没有找到。

库兹马爷爷咳嗽得越来越厉害了。快到春天时，他就爬到炉炕上去了，几乎没再下来，总是要水喝。瓦留莎就用铁舀子舀凉水给他喝。

大雪在村子这里飞扬着，把木屋都封住了。松树上到处是

雪，瓦留莎再也找不到丢戒指的那个地方了。她常常躲在炉子后边责骂自己，因怜悯爷爷而哭泣。

“我真傻!”她低声说，“为了自己淘气开心，把个戒指给丢了。真该死！该死!”

她自责地用拳头敲着自己的头顶，爷爷就问她：

“你在那儿跟谁吵吵闹闹的?”

“跟西多尔,”瓦留莎答道，“它真不听话！老是找碴儿吵架。”

一天早晨，瓦留莎被一阵响声吵醒，西多尔在桌子那里跳来跳去，用喙啄着玻璃。瓦留莎睁开眼睛，马上又眯缝起来了。水滴排着长队，相互追赶着急匆匆地从屋顶上流下来。暖暖的阳光照在窗子上。乌鸦呱呱大叫。

瓦留莎开门向外张望，一股暖风迎面扑来，吹乱了她的头发。

“春天来了!”瓦留莎说道。

黑色的树枝闪闪发亮，融雪沙沙地响着从屋顶上滑落下来。村外湿漉漉的树林庄严而欢快地喧闹着。春天犹如一位年轻的主妇在田野里漫步。只要她朝山谷瞥上一眼，谷中的小溪便会潺潺流淌起来。春天在行进，伴随着春天的脚步，溪水的淙淙声也越发响亮了。

森林中，雪的颜色变深了。最初，在越冬前落下的褐色针叶从雪中显露了出来。接着，被 12 月的暴风雪刮落下来的许多干树枝也冒了出来。露出了年前飘落的黄叶，雪已融尽的地方露出了土地，在所剩无几的雪堆附近，首批款冬花开放了。

瓦留莎在树林中找到了她插到丢戒指的雪地里的那根老枞

树枝。她小心翼翼地扒开陈年的树叶，扒开啄木鸟弄掉的空松塔、树枝和霉烂了的苔藓。一片发黑的树叶下有个东西在闪着亮光。瓦留莎尖叫了一声，就蹲了下去。找到了，就是这枚小小的钢戒指！它一点儿也没生锈！

瓦留莎抓过戒指，戴到中指上就跑回家去了。

往木屋跑去，离得还老远呢，她就看见了库兹马爷爷。他出了屋，正坐在一个小土堆上，一缕缕蓝色的马合烟雾从他的头上直升到空中。他在春天的阳光下晒着太阳，仿佛被晒得冒起了热气。

"瞧你，毛手毛脚的，"爷爷说，"你跑出去忘了关门，清凉气钻了满屋，我就什么病都没啦。我抽一会儿烟，完了就拿斧子去劈点儿柴，咱们生上炉子，烤几张黑麦饼吃。"

瓦留莎笑了起来，摸着爷爷蓬乱的灰头发说：

"得谢谢小戒指！库兹马爷爷，它治好了你的病。"

瓦留莎整天把戒指戴在中指上，为的是把爷爷身上的病永远赶跑。只有在晚上准备睡觉的时候，她才把戒指从中指上摘下来戴到无名指上。这一定会给她带来莫大的快乐。可是，那快乐磨磨蹭蹭的老也不来，瓦留莎等着等着就睡着了。

她起得很早，穿好衣服就到外边去了。

柔和而温煦的朝霞洒满大地的上空。天边上的星星渐渐消失了。瓦留莎走进树林，在一片林间空地上停下来。听，树林里是什么东西在响？仿佛有人在轻轻地摇着小铃铛。

瓦留莎俯下身子，侧耳倾听着，忽然两手一拍，原来白色的雪花莲在微微摇曳着，好像在朝着朝霞点头致意。每朵小花都在叮叮作响，恰如每朵花里都有一只小铃铛虫，在那里用脚

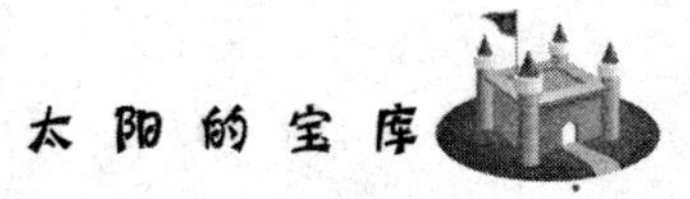

爪踢拨着根根银丝。在一棵松树梢上，有只啄木鸟一连啄了五下。

“5 点钟了，”瓦留莎想，“多么早啊！多么静啊！”

这时，高高的树枝上，在金色朝霞映照下，有一只黄莺立刻啼啭起来。

瓦留莎站在那里，半张着嘴微笑地听着。一阵强劲的暖风亲切地吹拂着她，附近有什么在簌簌地响着。榛子丛摇晃起来，从榛子花的花蕊上落下一些金色的花粉。仿佛有个隐形的人在扒开树枝，从瓦留莎身边走过去。一只杜鹃迎着隐形人飞来，朝他鞠着躬，对他唱着歌。

“那过去的人是谁呢？我都没来得及看清他！”瓦留莎思忖着。

她还不知道呢，原来从她身边过去的就是春天啊。

瓦留莎大笑起来，整个树林都回荡着她的笑声。她跑回家去了。大大的快乐，两只胳膊都抱不拢的大快乐荡漾着，在她的心里放声歌唱了起来。

春天一天比一天变得更加绚丽多彩，更加欢快。天上的阳光照得库兹马爷爷的眼睛眯成了两道缝，总是笑眯眯的。随后森林里，草地上，山谷中，忽然间就变得万紫千红、繁花盛开了，仿佛有人给它们洒上了魔水。

瓦留莎本来想把小戒指戴到食指上，好看看这无奇不有的世界，然而她看着那些花朵，看到微带黏性的桦树嫩叶，看到晴朗的天空及和煦的阳光，听到此起彼伏的鸡鸣，听到流水的淙淙声，听到飞鸟在田野上空歌唱，便忘记了把戒指换到食指上。

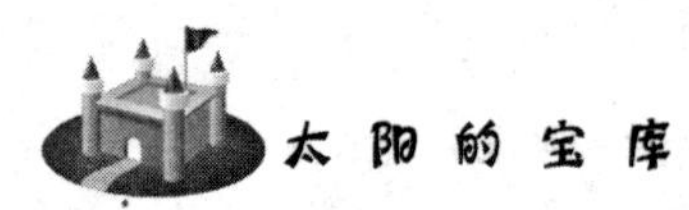

“来得及，”她想，“世界上再没有哪个地方能比我们的莫霍沃耶好了。这里真是美妙极了！难怪库兹马爷爷说，我们这里是真正的乐园，世界上再没有这样好的地方了！”

（1946 年）

十月之夜

凭着个人的写作经验，我知道在农村比在城市里写东西好得多。在农村里，一切都有助于人集中精力，甚至小煤油灯芯发出的噼啪声和花园里风的沙沙声也不例外。在这些声音的间歇之中，十分寂静，恰似地球停止了转动，无声无息地悬在了宇宙空间。

因此，在 1954 年的晚秋，我就动身到梁赞郊外的农村去写作了。那里有一处老宅院，还带着一座完全荒芜了的花园。宅子里住着一位老太婆，名叫瓦西里萨·约诺芙娜，原来当过梁赞的图书馆员。从前我也曾来过这里。每次来都发现花园变得比以前更荒凉，女主人也更加衰老了。

我乘上秋天的末班轮船离开了莫斯科。舷窗外锈褐色的河岸绵延伸展。轮船激起的灰色波浪不断地推向岸边。公共客厅中，一盏值夜的红色小灯泡通宵达旦地亮着。我总是感到自己在轮船上是孤零零的一个人，那些乘客几乎都难得走出暖融融的舱室。只有一位有着一张饱经风霜的面孔的瘸腿工兵大尉在甲板上踱来踱去，微笑着眺望河岸。河岸上的一切都做好了越冬的准备：树叶早已凋落，草已伏倒在地，叶茎已经发黑，而

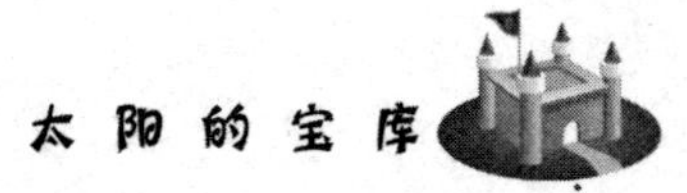

沿岸那些村子的木屋顶上冒着缕缕白烟，家家户户都生起了火炉。河流也准备过冬了。几乎所有的码头都移到了深湾里，收起了浮标，夜行的船就只好靠那照在大地上的灰白的月光辨别方向了。

在轮船上我跟工兵大尉谈得十分投机，我俩都很高兴。原来工兵大尉祖耶夫也是要在诺沃肖尔基上岸，而且跟我一样，只能是乘船去奥卡河的对岸，然后步行穿过牧场到扎博里耶村去。轮船应在傍晚到达诺沃肖尔基。

“我不是去扎博里耶村，”大尉说，“还要往前走，到林管区去，不过到扎博里耶村这一段我们同路。虽说我到过前线，见过世面，可我还是不愿意夜里闷闷地一个人走过那一带荒凉的地方。战前我在林管区工作过，现在复员了，回去重干老本行。森林真是奇妙极了！我是林校毕业的。你到我们那儿去吧。我领你去看一些地方，保证会叫你惊叹不已。在前线的时候，我差不多每天夜里都要梦见那些地方。”

他笑了起来，这一笑使他的脸立即就变得年轻了几岁。

轮船到达诺沃肖尔基的时候，已经是深夜了，除了一位提着灯的更夫，码头上空无一人。在这里上岸的也只有祖耶夫和我。我们提着旅行袋刚刚跳下湿漉漉的跳板，轮船立即就开走了，一股废蒸汽喷到了我们的身上。提着灯的更夫一走开，便只剩下我们两个人了。

“咱们不用着急，”祖耶夫说，“在这根木头上坐坐，抽支烟，再想一想下一步该怎么办。”

从他说话的声音看，从他吸入河水气味的神态来看，当轮船在转弯处发出短促的汽笛声（夜间的回声不断地回荡着，直

到奥卡河对岸的森林那里才消失）的时候，从他朝四周张望和开颜欢笑的神态来看，这一切都让我明白了：祖耶夫之所以不着急，只是因为他怀着一种不寻常的惊喜又回到了自己本来以为没有希望再见到的这块熟悉的地方。

我们抽了口烟，然后走上陡峭的河岸去浮标看守所找索夫龙。我敲了敲窗子。索夫龙马上走了出来，好像他根本就没睡。他认出我来，我们互致问候。他说：

“水今天涨起来了。一昼夜竟然上涨了两米。八成是上游在下大雨。你没听说吗?”

“没有。”

索夫龙打了个哈欠。

“秋天嘛，当然要涨水啦。怎么，我们就走?”

夜间奥卡河显得很宽，比白天要宽得多。整个河里的水流都十分湍急。水中的鱼儿在拍击水面。在朦胧的月色下，鱼儿拍击激起的圆形水纹被急流带走，拉长了，破裂了。

我们到达了对岸。草地上吹来一股凉丝丝的枯草气味和柳树叶的甜味。我们沿着勉强辨认得出的小径走去，走到一条割草人踩出来的路上。四周异常寂静。月亮就要落下去了，月光已变得暗淡。

我们必须穿越一个6千米的长满了青草的岛，再走过奥卡河第二条寂静而荒凉的河床上的一座旧桥，越过一片沙滩之后，就到扎博里耶村了。

“认出来了，”大尉激动地说，“我全都认出来了。看来，我什么都没有忘记。瞧，那不是树丛吗？那是普罗尔瓦河上的柳树。对吧？看到了吗？看，那谢良湖上的云雾！听不到任何

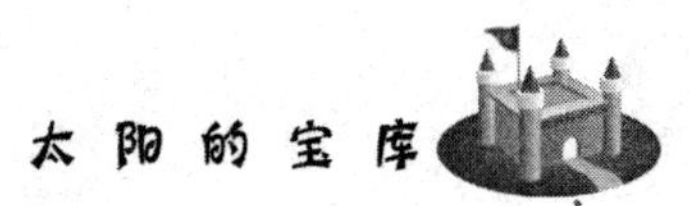

鸟儿的叫声。不用说，我来晚了，鸟儿全都飞走了。再看看这空气！我的妈呀，这是多么好的空气啊！整个秋天草场上都充满了这样的空气。除了在我们这里，我从来没有在任何地方呼吸过这样的空气。您听到公鸡的叫声了吗？那是特列布季诺的鸡叫声。那些家伙叫得可真响，4千米开外都听得到！”

可是我们越往前走，谈话就越少了，到后来干脆就一声不吭了。阴暗的夜色笼罩着河湾，笼罩在黑色的草垛和灌木丛的上空。黑夜的沉默无语也感染了我们。

在我们的右边是一个水草丛生的小湖。湖水泛着光。祖耶夫因腿瘸走路很困难。我们便在一棵被风刮倒的柳树上坐下来休息。我很熟悉这棵柳树，它躺在这里已经有许多年了，树干上长满了低矮的野玫瑰。

“是啊，生活！”祖耶夫叹了口气说，“总的说来，生活是美好的。战后我深深地感觉到了这一点。我特别深有感触。不管你笑话也好，不笑话也好，现在我准备把自己今后整个的一生都用来栽培松树。就是这样！你认为这很蠢吧？是不是？”

“正相反，”我说，“这一点儿也不愚蠢。你有家室吗？”

“没有。我是个单身汉。”

我们继续往前走。月亮隐没到奥卡河陡峭的河岸后面去了，离天亮尚早，东方的天色仍像别处一样漆黑。我们走起路来越来越艰难了。

“有一件事情我弄不明白，”祖耶夫说，“现在夜里人们为什么不把马赶出来吃草了呢？过去在落雪之前夜间都是要放牧的，可现在牧场上连一匹马都看不到。”

我也注意到了这个情况，但没有把它看得很重。四周一片

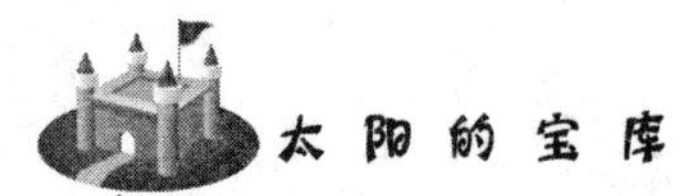

空旷，除了我俩，在这牧草丛生的岛上再没有什么活物了。

一会儿，我看到前面有一条模糊不清的宽宽的水带。以前并不曾有这片水。我仔细地看着，心脏几乎停止了跳动：难道奥卡河的旧河床已经被毁坏到这种程度了吗?!

“快到桥头了，”祖耶夫兴致勃勃地说，“过了桥就是扎博里耶村。可以说，我们已经到了。”

我们走到旧河床的岸上。这条路一直通到黑黝黝的水边。河水在我们的脚边匆匆地流淌着，拍击着低矮的河岸。到处可以听到流水发出的沉重的哗啦声，被冲刷的河岸崩塌下来了。

“桥在哪里啊?”祖耶夫惊讶地问道。

桥已经没有了。它不是被水冲毁了，就是给水淹没了。河水已经涨到超出桥高一米半到两米了。祖耶夫打开手电筒照了照，混浊的浪涛下露出树丛的顶梢，在水中晃动着。

“哎呀!”祖耶夫为难地说，“水把我们的路堵住了。怪不得牧场上没有一个人呢。这里就只有我们俩了。让我们想想怎么办吧。”

他不做声了。

“咱们大声喊叫，行吗?”

然而，喊叫又有什么用呢？扎博里耶村离这儿还老远呢，反正没有人能听到我们的喊声。而且，我们还知道扎博里耶村连一条能来岛上接我们的小船都没有。渡口在下游的荒林边，离此地 2 千米远。

“只好到渡口那里去了，”我说，“当然……”

“什么‘当然’?”

“没什么。我认得路。”

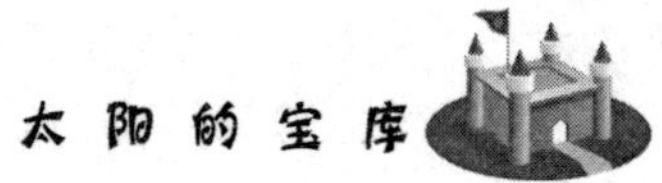

我本来是想说："当然，如果渡口还在的话。"不过我没有说出口。要是牧场上连一个人都没有，它已经被秋天的大水淹了，那么渡口当然也就不会存在了。那位严厉而深明事理的瓦西里是不会干坐在窝棚里无所事事的。

"好吧!"祖耶夫同意了，"那咱们就走吧。夜真黑啊，该死!"

他又用电筒照了照，骂了一句，原来水已经把柳丛的顶梢淹没了。

"问题严重啦!"祖耶夫喃喃地说，"咱们快点走吧!"

我们向渡口走去。刮起了风，从黑暗处慢慢吹过来，一阵雪糁从大地的上空斜飞而至。不时听到河岸坍塌的声音。我们走着，脚常常绊在草墩子和枯草上面。走这条路要越过两道冲沟，它们平时总是干涸的。现在我们走过时，水却已经没到膝盖了。

"沟里也涨水了，"祖耶夫说，"咱们可别掉进去!水怎么涨得这么快?!真弄不明白。"

本来，即便是在秋雨连绵的季节，水也从来没涨得这么快，这个岛也没有被淹没过。

"这里没有树，"祖耶夫指出，"只有一些灌木丛。"

岛上正对着渡口是一条踩出来的路。我们靠着烂泥和牲口粪味才辨认出这条路来。在老河床对面陡峭的河岸上，一片松林被风吹得发出波涛般的声响。

夜越来越黑，越来越冷。河水哗哗地响着。祖耶夫又拿手电筒照了照。水已经涨到跟河岸一样高了，一股股细流已经冲进了牧场。

“摆渡啊！”祖耶夫大喊一声，就倾听起来。“摆——渡——啊！”

没有回应。树林在呼呼作响。

我们喊了很久，喊得嗓子都哑了，也没有人回答。雪糁变成了雨点。稀疏的雨点开始重重地打到地面上。

我们又喊了起来。回答我们的仍是树林那冷漠的呼啸声。

“摆渡的人已经走了！”祖耶夫忿忿地说，“明摆着的，岛被淹了，上面连一个喘气儿的都没有，那他还留在这里有个屁用！真冤……离家只有两步远……”

我心里明白，我们要得救就只能靠偶然的机遇了：或是大水突然停止上涨，或是我们在这岸能碰上人家丢弃的小船。然而，最令人感到可怕的是我们竟然不知道也不明白水为什么竟会涨得如此之快。想起来真是令人惊奇，一个小时之前根本就没有今夜将遭难的征兆，我们这可真真是自投罗网。

“咱们顺着河岸走，”我说，“也许能碰到小船。”

我们绕过水淹了的洼地，沿着河岸走去。祖耶夫打着手电筒，但是手电筒的光渐渐地暗淡下来，于是祖耶夫就关掉了它，省点儿电留到万不得已时再用。

我撞上一个又黑又软的东西。这是一小垛麦秸。祖耶夫划了根火柴，塞到麦秸堆里。麦秸堆顿时燃起了红红的火焰。火光照亮了混浊的河水，照亮了面前极目所至被水淹没了的牧场，甚至照亮了对岸的松树林。树林摇曳着，冷漠地呼啸着。

我们站在燃烧着的麦秸堆旁，凝视着火光。脑际闪现着一些断断续续的念头。起初，我很惋惜自己一生做的事还不及想做的十分之一。继而又想，因自己的疏忽而毙命，那未免太蠢

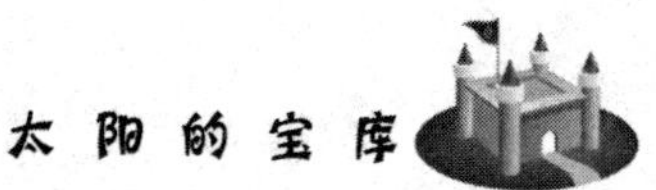

了。因为，在我的一生中，像今天这种虽说是带点阴郁的秋意却新鲜可爱的日子还多着呢。虽然尚未落初雪，但空气中、水里、林中，甚至卷心菜的叶茎上，到处都已含有雪意了。

或许祖耶夫也在想着同样的事情吧。他慢慢地从军大衣口袋里摸出一包揉皱了的香烟来，递给我。我们就用即将燃尽的麦秸点燃了烟卷。

“麦秸堆眼看就烧完了，”祖耶夫轻声说道，“水已经涨到咱们的脚下了。”

可是，我什么话也没说。我在倾听着。透过树林的呼啸声和水浪声，传来一阵阵断断续续的微弱声响。那声音越来越近了。我转过身对着河面上大喊：

“喂！嘿！小船！到这儿来！”

河面上立即有个孩子的声音回答说：

“来啦！”

祖耶夫很快地拨开麦秸堆，冒起一股火焰，一股股火星射向漆黑的夜空。祖耶夫轻声地笑了起来。

“桨！”他说，“有划桨的声音！在我们的故乡，难道能够真地让一个人平白无故地死掉么？”

那句“来啦”使我感到特别激动。我来救援啦！穿过黑暗到即将熄灭的篝火这边来啦！这喊声唤起了人们对兄弟般互助友爱的古代风气的记忆，那风气在我们的人民中从未消失过。

“喂，到沙滩边上来！往下走！”河上传来响亮的喊声，我马上明白了，原来是一个女人。

我们急忙朝岸边走去。一只小船猛然间从黑暗中闯进昏暗的篝火的光亮里来了，船头触到了沙滩。

“等一下再上船，我得把水舀出去。”只听到那女人的声音在说。

一个女人上了岸，拉过来船。看不清她的面孔。她身穿棉袄，足蹬长筒靴。头上包着一条很保暖的头巾。

“你们怎么到了这里?”那女人厉声问道，朝我们连看都不看一眼。她开始往船外舀水。

她默不作声，似乎很冷淡地听完了我们的讲述，然后仍是那样严厉地说道：

“看浮标的人怎么没告诉你们呢？昨天夜里他们就把河上的水闸全打开了。越冬前都要这样。到天亮的时候，整个这座岛全得淹没。”

“我们的救命恩人，你怎么夜间还到树林里来呢?”祖耶夫开玩笑地问。

“我这是去上班，”那女人不大情愿地答道，“从普斯特尼到扎博里耶村去。我看见岛上有火光，心想会有人。瞧，叫我给猜着了。摆渡的人已经离开两天了，没有人看守，也用不着。我好不容易才找到桨。他们把它藏到窝棚里的草堆下面了。”

我坐下划桨，拼命地划，可我觉得这船不但没有向前走，反而被冲进一道又黑又宽的瀑布里去了。浑浊的水流、黑暗和这夜都在奔向那里。

我们终于到了对岸，走上沙滩，再往上走到树林里，这才停下来吸烟。树林里没有一丝风，挺暖和，散发着一股霉烂的气味。高处响着一片均匀而庄严的松涛声。它令人想起这阴晦的黑夜和此前所遇到的那些危险。然而，现在我却觉得这夜是

那样的奇特和美妙。在我们划火柴吸烟时，刹那间火柴的光亮一闪，照亮了那年轻女人的面庞，我感到那张脸似乎很友好，很熟悉。她的那双灰眼睛羞怯地望着我们。她的头巾下露出一绺绺湿乎乎的头发。

“真的是你吗，达莎?”祖耶夫突然悄声问道。

“是我，伊万·马特维耶维奇，”女人答道，轻盈地笑了起来，仿佛只有她自己才知道她在笑什么，“我一下子就认出您来了。只是没有吱声。胜利后我们一直都在等您。大家怎么也不相信您会不回来。”

“竟有这样的事啊!”祖耶夫说，“我打了四年仗，经常跟死神打交道，也没有死掉，而现在达莎却千真万确地救了我一命。”他转而对我说：“她是我的助手，在林管区工作。我教会了她林业这一行里的各种奥秘。她本来是个像根草那么细弱的小姑娘。可现在你看看，长多高了！多么漂亮！好严肃，好厉害啊!”

“您说些什么呀！我可不厉害，”达莎说，“我就这样，就是这个习惯。您是到瓦西里萨·约诺芙娜家去吧?”达莎突然问我，显然是想改换话题。

我说，是的，是到瓦西里萨·约诺芙娜家去，并且请达莎和祖耶夫跟我一道去。我们都应当在那座老房子里烤烤火，烘干衣服，休息一下。

对于我们的深夜来访，瓦西里萨·约诺芙娜一点儿都不感到吃惊。因为她上了年纪，她已经习惯于对什么事都不感到惊异了。不论发生什么事情，她都会按自己的方式解释。现在，听完我们的不幸遭遇后，她说：

“俄罗斯大地的上帝是伟大的。说到那个索夫龙呢，我一直说他是个笨头笨脑、马虎大意的人。我真奇怪，您这个作家怎么就没能一下子看透他？这就是说，您看人也有看不准的时候。哦，我真为您高兴，”她转身对达莎说，“你到底等到伊万·马特维耶维奇回来了。”

达莎臊得满脸通红，急忙起身，抓起一只空水桶就跑到院子里去了，连门都忘了关上。

“你上哪儿去？”瓦西里萨·约诺芙娜急匆匆地问。

“去打水……烧茶！”达莎在门外喊道。

“现在的姑娘，我真弄不明白。”瓦西里萨·约诺芙娜说。她一点儿也没有注意到：祖耶夫想吸烟，可是划火柴却怎么也划不着。她接着说：“还没等你对她们说上一句话，她们就像火堆似的，一下子就着起来了。不过，这姑娘可真不赖！这么说吧，看着她就叫我高兴！”

“是啊，”祖耶夫表示同意，他终于划着了火柴，“的确是个好姑娘。”

达莎嘛，自然免不了是要把水桶弄到园子里的井里去喽。我知道怎样才能把水桶从井里捞上来。我拿一根杆子去钩那只水桶。达莎也帮助我钩。她激动得双手冰凉，嘴里却不住地重复着：

“这个瓦西里萨·约诺芙娜可真是个怪人！真是个怪人！”

风吹散了乌云，黑黝黝的园子上方的星空在闪着光，一会儿变得很亮，一会儿又暗下去。我把水桶钩上来了。达莎马上趴在水桶边儿上喝了个够。她那湿润的牙齿在黑暗中闪闪发亮。她说：

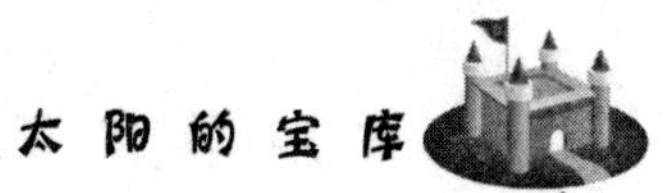

“啊！我真不知道现在该怎么回到屋子里去。”

“没关系，走吧！”

我们回到了屋子里。屋里已经点上了灯，桌子铺上了一块干净的桌布，挂在墙上黑镜框里的屠格涅夫在静静地注视着我们。这是一幅罕见的画像，是用最纤细的针在钢板上刻出来的，它可是一件瓦西里萨·约诺芙娜引以为荣的东西。

（1949年）

蓬毛麻雀

旧挂钟上的那个玩具兵大小的铁制铁匠举起了锤子。挂钟咯吱咯吱地响了一阵，铁匠便缓慢地在小铜砧子上敲击起来。急促的钟声撒落在房间里，滚到书柜底下就平息了。

铁匠在铜砧子上共敲了8下，还想敲第9下，可是他的手抖动了一下便悬在空中了。还没到应该在砧子上打9下之前，他就得这样举着胳膊整整站上一个钟头。

玛莎站在窗前不敢回头看。她一回头保姆彼得罗芙娜就一定会醒来，就要催她去睡觉。

彼得罗芙娜正靠在沙发上打盹儿，妈妈像往常一样去剧院了。她在剧院跳舞，可是从来也没带玛莎上那儿去过。

剧院很大很大的，有许多圆形的石柱。几匹铁马腾起前蹄，竖立在它的房顶上。一个头戴桂冠的人拉住了它们，他准是个强壮勇敢的人。他竟然能够使几匹性如烈火的马在房顶的边缘那里停了下来。马蹄子就悬在了广场的上空。玛莎设想

着，如果那人不把几匹铁马控制住，将会出现怎样的恐慌啊！那些马会从房顶冲到广场上来，伴着雷鸣般的轰隆声从民警们的身边疾驰而过。

几天来妈妈十分兴奋。她正在准备第一次跳灰姑娘，还答应在首场上演时带彼得罗芙娜和玛莎去看演出呢。在演出的前两天，妈妈从箱子里拿出一个薄玻璃制成的小花束。那是玛莎的父亲送给妈妈的。他是个海员，这小花束是他从某个遥远的国度带回来的。

后来玛莎的父亲上前线打仗去了，他击沉了几艘法西斯的军舰，曾两次落水负伤，但是活了下来。现在他仍在很远的地方，那地方的名字很古怪，叫“堪察加”。他不会很快就回来的，要等到春天他才能回家。

妈妈拿出玻璃花束，还悄悄地对它说了几句话。这很让人吃惊，因为妈妈过去可从来没跟东西说过话呀。

“瞧，”妈妈悄声说，“你也等到了。”

“等到了什么？”玛莎问。

“你年纪小，还什么也不懂，”妈妈回答说，“你爸爸送给我这束花的时候，对我说过：‘你在第一次跳灰姑娘时，宫廷舞会之后，一定要把它别在衣服上。那样我就会知道，当时你想起了我。’”

“噢，那我就懂了。”玛莎生气地说。

“你懂什么？”

“什么都懂！”玛莎答道，脸也红了，因为她不喜欢别人不信任她。

妈妈把玻璃花束放到桌子上，并且告诉玛莎不许碰它，哪

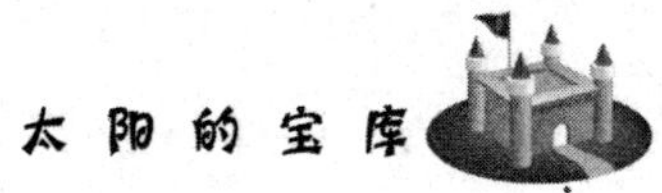

怕用小指头去碰都不行，因为它很脆。

这天晚上，玻璃花束就在玛莎背后的桌子上闪闪发光。四周异常寂静，仿佛一切都在沉睡：整个房子，窗外的花园，还有下面坐在门旁的石狮子都在睡着。那石狮子在雪光的映照下愈加显得苍白了。没睡觉的只有玛莎、火炉和严冬。玛莎望着窗外，火炉轻声哼着它那温暖的歌，严冬则不断地把无声的雪花从天上撒落下来。雪花飘过路灯落到地上。真不明白，从那么漆黑的天上怎么能落下这样白的雪花。还有一件事也弄不明白，为什么在这严寒的冬天里，妈妈桌上的花篮里却盛开着大朵的红花。最不能让人理解的还是那只灰白色的乌鸦，它坐在窗外的树枝上，目不转睛地在盯着玛莎哩。

那只乌鸦在等着彼得罗芙娜睡前开小窗通风，等着她带玛莎去洗脸。

彼得罗芙娜和玛莎刚一离开房间，乌鸦就飞到通风窗上，再溜进房间，见到什么东西，抓起来就跑。匆忙中它忘记了在地毯上擦干净脚爪，结果在桌面上留下了一道湿漉漉的爪子印。彼得罗芙娜每次回到房间里，都两手一拍，喊道：

“这个强盗！又把什么偷走啦！”

玛莎也两手一拍，跟彼得罗芙娜一块儿开始匆忙地找起来，看看这次乌鸦又把什么偷走了。乌鸦最常拖走的就是方糖、饼干和香肠。

乌鸦住在夏天卖冰淇淋、冬天钉死的一个售货亭里。乌鸦很吝啬，爱唠叨，爱争吵。因怕被麻雀们偷走，它就用嘴把它自己的全部财物都塞进了售货亭的板缝里。

夜里，乌鸦有时会梦见一些麻雀偷偷地钻进售货亭，把那一块块的冻香肠、苹果皮和银糖纸从板缝里掏出去。这时，乌鸦就会怒气冲冲地在睡梦中呱呱大叫起来，使得站在邻近街角上值勤的民警四处环顾，侧耳倾听。他几次走近售货亭，用手遮住街灯的光往里张望。可是，售货亭里面黑洞洞的，只见地板上的一只破箱子在泛着白光。

有一次，乌鸦在售货亭里碰上一只名叫“帕什卡”的羽毛蓬乱的小麻雀。

麻雀们的生活遇到了困难。因为城里差不多已经没有马了，燕麦也就很少了。帕什卡的爷爷是那个绰号叫“奇奇金”的老麻雀。它有时会回忆起过去的岁月，那时成群的麻雀整天挤在停马车的地方，燕麦从马的草料袋里撒落到马路上。

现在城里只跑汽车。汽车不吃燕麦，也不像善良的马那样咔嚓咔嚓地咀嚼它，而是喝一种气味刺鼻的毒水。麻雀变得稀少了。有些麻雀飞到乡下去了，有的飞到海滨城市去，那里有装卸谷物的轮船，因此那里的麻雀生活富足而愉快。

“从前，”奇奇金说，“麻雀一聚起来就是两三千只。有时它们一飞，一掀动空气，别说人啦，就是那些拉车的马都会吓一大跳，嘴里咕嚷道：‘老大爷救命，可怜可怜吧！难道就让这些胡闹的家伙无法无天不成?!’”

“过去在市场上，麻雀打起架来可凶咧！茸毛飞起来像一团团云彩。现在无论如何不能允许那样打……”

帕什卡刚刚溜进售货亭，还没等它从缝隙里掏出东西，就叫乌鸦碰上了。它用喙朝着帕什卡的头上一啄，帕什卡就倒下翻着白眼儿装死。

乌鸦把它从售货亭里扔出来，随后呱呱地叫了一阵，咒骂

着所有那些偷东西的麻雀。

民警环顾了一下，便向售货亭走去。帕什卡躺在雪地上，头疼得要死了，只能无声地、一下一下地张嘴。

“唉，你这没人管的可怜家伙！”民警说着，摘下手套，把帕什卡塞进去，再把装着帕什卡的那只手套放进大衣口袋里。“你是一只苦命的麻雀啊！”

帕什卡躺在口袋里，眨巴着眼睛，又饥饿又委屈地哭了。哪怕有点儿碎面包屑让它啄啄也好啊！可是民警的口袋里没有面包屑，只有些毫无用处的烟末。

早晨，彼得罗芙娜领着玛莎去公园散步。民警把玛莎叫过去，一本正经地问道：

“小公民，您要麻雀吗？拿去养着好吗？”

玛莎回答说，她需要麻雀，甚至非常需要。于是，民警那张被风吹得通红的脸上顿时堆满了笑容。他笑着掏出了装着帕什卡的那只手套说：

“拿去吧！连手套一起拿去，要不它就飞了。待会儿再把手套送来好啦，我要到 12 点钟才换岗呢。”

玛莎把帕什卡带回家，用刷子给它理顺了羽毛，喂饱后就把它放开了。帕什卡落在小碟子上喝茶，然后飞到铁匠的头上坐下，甚至打起盹儿来。铁匠终于生气了，挥动一下小锤子要打帕什卡。帕什卡叫着忽地一下飞到寓言家克雷洛夫头上去了。克雷洛夫是一尊青铜像，上面很滑，帕什卡好歹算是站稳了才没有摔下来。而那个铁匠则怒气冲冲地敲起砧子来，一共敲了 11 下。

帕什卡在玛莎的房间里住了一天一夜，晚上它看见老乌鸦

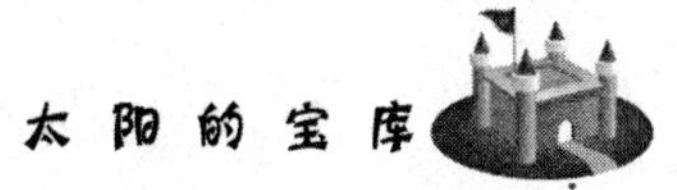

从小气窗飞进来偷走了桌子上的熏鱼头。帕什卡躲在放红花的篮子后边，一声不响地蹲在那里。

从此帕什卡每天都飞到玛莎这里来，啄食面包屑，心里琢磨着怎样报答玛莎。有一次给她带来了一条长着触角的小毛虫，那是它在公园里一棵树上找到的。可是玛莎没吃毛虫，彼得罗芙娜一边骂着，一边把毛虫扔到窗外去了。

于是，帕什卡就故意跟老乌鸦作对，开始巧妙地从售货亭里把被偷去的东西弄回来还给玛莎。有时它带回来一块风干了的果糕，有时弄来一块硬邦邦的馅饼，有时叼回一张红色的糖纸。

乌鸦一定是不只偷玛莎一家的东西，它还偷别人家的东西，因为帕什卡有时弄错，拿回了别人的东西，有梳子、扑克牌中的梅花皇后和自来水笔上的金笔尖。

帕什卡叼着这些东西飞进屋里，抛在地板上，在屋里飞几圈，然后就像一颗毛茸茸的小炮弹，猛然间飞出窗外就不见了。

今天晚上彼得罗芙娜不知怎么睡了很久都没醒。玛莎很好奇，想看看那只乌鸦是怎样挤进通风窗的，因为她连一次还没有看见过呢。

玛莎爬上椅子，打开通风的气窗，就躲到柜子后边去了。起初一个大雪片从窗口飞进来，在地板上融化了，接着只听得什么东西咯吱响了一声。乌鸦飞进屋来，跳上了妈妈的桌子，照照镜子，看到里面有一只同样凶恶的乌鸦，它的毛都竖了起来，然后呱的叫了一声，偷偷抓起那个玻璃花束就飞到窗外去了。

玛莎大叫一声，彼得罗芙娜被惊醒，“哎呀”了一声就骂起来了。妈妈从戏院回来后哭了好久，弄得玛莎也跟着哭了起来。彼得罗芙娜说不用过分伤心，也许还能找到那个玻璃花束。当然，还得是那只蠢乌鸦不把它掉到雪地里才行。

早上帕什卡飞来了。它落在寓言家克雷洛夫铜像上休息，听到玻璃花束被窃的事，它气得全身羽毛倒竖，沉思了起来。

后来，妈妈去剧院排练，帕什卡就尾随着她。它从店铺的招牌飞到路灯杆子上，再飞到树上。等到了剧院，它就落在铁马的鼻子上呆了一会儿，擦干净它的喙，用爪子擦去小泪珠，吱吱叫了一声就踪迹全无了。

晚上妈妈给玛莎扎上节日的小白围裙，彼得罗芙娜披上一块缎子头巾，她们就一道乘车去剧院了。与此同时，帕什卡遵照奇奇金的指示，召集了附近所有的麻雀，它们成群结队，准备对乌鸦藏匿玻璃花束的售货亭发起进攻。

当然，麻雀们不敢立即攻击售货亭，它们分散开，落在邻近的屋顶上，用了大约两个钟头去撩拨乌鸦。它们想，乌鸦会恼羞成怒地从售货亭里飞出来，那时就可以在街上打仗，因为街上不像售货亭里那样拥挤，而且所有的麻雀都可以蜂拥而上对乌鸦发起猛攻。可是，乌鸦也很有头脑，识破了麻雀们的计谋，它就是不离开售货亭。

后来，麻雀们终于鼓起了勇气，开始一个接一个地飞进售货亭里。只听得那里爆发出一阵尖叫、嘈杂声和扑打声，售货亭的周围马上就聚集起一大群人。

民警跑来了。他朝售货亭里张望了一下，就急忙躲开了。因为整个售货亭里麻雀毛飞腾，茸毛笼罩着，什么都看不清。

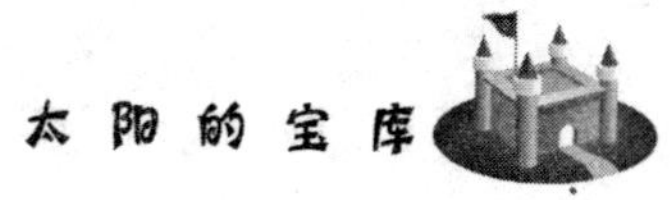

“嚯，好家伙!”民警说，“按条例来说，这是一场肉搏战!”

为了打开钉死的售货亭制止这场厮打，民警开始拆下木板。

也就正在这个时候，剧院乐队里所有小提琴和大提琴的琴弦都轻轻地颤动了起来，一个身材高大的人扬起一只白皙的手，慢慢挥动着。伴随着逐渐高昂的乐曲，一幅沉重的天鹅绒帷幕抖动了一下，缓缓地滑向一边，于是玛莎看到一间华丽的大房间，洒满了金色的阳光，还看见那几个生活阔气而面貌丑陋的姐姐、凶恶的继母，还有自己的母亲：她苗条而美丽，身上穿着破旧的灰衣裳。

“灰姑娘!”玛莎悄声喊道，目不转睛地盯着舞台。

在天蓝、粉红、金黄和银白等各色灯光的照耀下出现了一座宫殿。妈妈从宫殿里逃出来，在台阶上跑掉了一只水晶鞋。

真是美妙极了，那乐曲声总是伴随着妈妈的悲伤而悲伤，伴随着妈妈的欢乐而欢乐，仿佛所有的那些提琴、双簧管、笛子和长号都是善良的生灵一般。它们都在尽力帮助妈妈和那位高个子的乐队指挥。他忙于帮助灰姑娘，连回过头来朝观众看上一眼的功夫都没有。

这很可惜，因为他没有看到剧场里很多孩子都欣喜得双颊绯红。

那些一向不愿意看戏的老验票员，平时总是手里拿着一叠子节目单和黑色的大望远镜，站在门外走廊上，可是这回就连他们都无声无息地走进了剧场，掩上背后的门，看玛莎妈妈的表演。其中的一个人甚至还擦起眼泪来了。他看着自己故去的

同伴（跟他一样的验票员）的女儿竟跳得这样好，他怎能不感动得落泪呢？

舞剧演出结束时，乐队响亮而欢快地奏起了幸福之歌，人们的脸上露出了会心的笑容，他们只是弄不明白：为什么幸福的灰姑娘眼里却含着泪水？正当这时，一只羽毛蓬乱的小麻雀，在剧院里急匆匆地飞着。在楼梯上它还迷了路，不过它终于闯进了剧场。一下子就看得出，它是刚刚从一场残酷的斯打中挣脱出来的。

它在几百盏刺眼的灯光照着的舞台上空盘旋，大家都看到它用喙叼着一个光闪闪的东西，看上去像是一根水晶树枝。

剧场里喧哗过一阵就平静了下来。乐队指挥抬起手制止住了乐队的演奏。后排的观众站起身来想看清台上出了什么事。麻雀向灰姑娘飞去。她伸出了双手，小麻雀飞着把一个水晶玻璃花束投到她的手掌上。灰姑娘用颤抖的手指把它别在了自己的衣服上。乐队指挥的小棒一扬，乐队就又奏起了乐曲。剧场里的灯光随着掌声跳跃。小麻雀在剧场的圆形天棚下飞着，落在枝形吊灯上，开始梳理它那在斯打中弄得蓬乱了的羽毛。

灰姑娘鞠着躬笑了，如果玛莎事先不知道这个扮演灰姑娘的就是她妈妈的话，那她是永远都不会猜到的。后来她们回到家里，熄了灯，当深夜来临催促着大家睡觉的时候，玛莎睡意蒙眬地问妈妈道：

“你把花束别到衣服上时，想到爸爸了吗？”

“想到了。”妈妈顿了一下，答道。

“那你怎么还哭了呢？”

“高兴啊，因为世界上有你爸爸这样的人。”

“那可不对！”玛莎喃喃地说，“高兴就该笑啊。”

“小小的高兴才会让人笑，”妈妈说，“大大的高兴，人就会哭。现在你睡吧！”

玛莎睡着了。彼得罗芙娜也睡着了。妈妈走到窗前。帕什卡睡在窗外的树枝上。万籁俱寂，大大的雪片不断地从天上落下来，更增添了这寂静。妈妈想，幸福的梦和童话，就像那雪花一样撒落在人们的身上。

（1948 年）

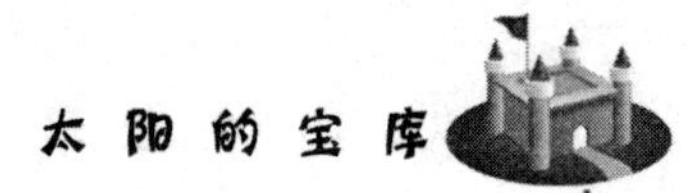

缅怀阿克萨科夫

（渔人札记）

帕乌斯托夫斯基　著

武学善　译

钓鱼浅谈

据说，当有人批评契诃夫文学方面的错误时他从来都不发火，然而如果有人竟不相信他善于垂钓，那么他会发自内心地感到委屈。

我们当中有许多人大概都存在这种情况。我有个熟人，是莫斯科某剧院的导演。他可以心平气和地听取对他所导演的戏剧最恶毒的批评，可是如果有人说他不会甩竿儿，或者说他不会往有铅坠儿的钓丝上拴渔钩，那么他就要狂怒不止。

或许这表明，对待现实我们有着某种童稚的直率态度，它不会因年龄的增长而消失。

我曾写过不少各种各样的书，但是在我的内心深处却一直有个宿愿，就是想写一本钓鱼指南。它应当是某种有关钓鱼的

百科全书，展现那纯属钓鱼的意境，叙述与钓鱼有关的一切事情。每一章节都应该是一个完整的故事，有说鱼漂的，有讲吞饵情况的，有谈钓鱼人的（从阿克萨科夫式的观察者、诗人到那些心存妒忌的人和背运者），有关于河流的，有关于特殊渔具的，也有描述水中旋涡及黎明朝霞的。除了实践知识之外，这本书中还应当描述俄罗斯的奇妙自然景观。这样的书暂时还没有，但是看来会有的。眼下我要讲述的是在最平凡的 9 月里的一次最平凡的垂钓情况。

不过，在开始讲述之前，关于尚存于某些地方的卑鄙庸俗之辈应当说上几句。虽说是没有什么危险，可他们是钓鱼者最顽固的敌人。一般说来，钓鱼爱好者有许多朋友和对头。对头有北风、蚊虫、河里的涨水（那时鱼儿根本就不咬钩），有用手雷和炸药炸鱼的流氓，还有那些好嘲笑人的妇女。她们一定要在背后冲着你说："去钓鱼的就什么也钓不着！"最后，还有那些好奇的人。他们靠近垂钓者坐下，尽问一些幼稚的问题，把人的脑袋搅得稀里糊涂。今年春天我钓鱼时就有那么一位无聊的公民坐到了我的身边。他烦人地一个劲儿刨根问底儿地问我：采取什么办法才能"让鱼咬钩"？不过，最烦人、最气人的还是那些庸俗之辈。他们认为自己就该理所应当地去嘲弄那些垂钓者，那些显而易见的怪人，那些明摆着精神有毛病的人。

然而，每一位真正的钓鱼爱好者，从内心来说，都是诗人，都是祖国自然美景的鉴赏家，是伟大而崇高的民族传统的继承者。

我们不去说那些庸俗之辈了，他们不值一提。咱们回过头

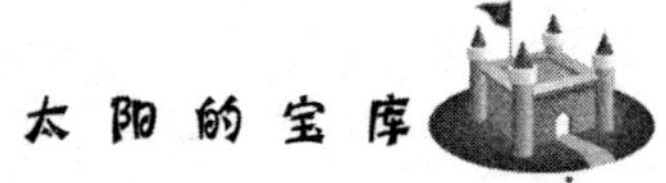

来说说那平平常常的垂钓的一天。那是9月末的一个日子。在乡下的一座老木屋里。屋外庭院里的树木正在纷纷落叶。不知何故，不同的树种在不同的日子里其落叶的程度也有所不同。前天，各条小径上都落满了枫树叶，昨天落在路面上的都是些柠檬黄色的椴树叶，而到了今天，落下来的却是些暗红并带有黑色脉纹的山杨树叶子了。

花园里山雀在啼啭，夜空里已经在闪烁着亮亮的秋星了。

一天深夜，篱笆门边的铃铛没好声地响了起来。我起身穿好衣服，打开手电筒。这座空荡荡的房子里只住着我一个人，又是在远离莫斯科300千米的乡下。没有人会在夜里来找我，全村的人都还在沉沉大睡呢。

我打开篱笆门，门外站着的是我认识的一位钓鱼爱好者，就是我在本文开头提到的那位莫斯科某剧院的导演。

“我总算是从莫斯科逃出来了！能呆两天！”他兴高采烈地说，“来钓钓鱼。秋天嘛。天哪！夜色多美啊！空气多好啊！”

“您是怎么来的？”

“妙极了！”导演答道，“从莫斯科坐轮船到诺沃肖尔基。呆在甲板上，舱室里当然是早就没有位置了。在诺沃肖尔基，有一个浮标手摆渡我到了奥卡河这岸，差点儿把我淹死。那老头儿真荒唐！我徒步走过草场，迷了路，走到格卢霍伊乌戈尔去了，因为路上长满了杂草。草场上空荡荡的。我坐轮船的时候根本就没睡着觉，心情一直平静不下来。一闭上眼睛就会见到普罗尔瓦那深色的河水和柳树。你是知道的，柳树叶散发着那么一种强烈的气味。马上就会见到平静的灰色天空，看到那翎毛制成的鱼漂慢慢地移向深水处。那鱼漂一整夜都浮现在我

的眼前，我几乎要心跳过速了！不，我根本就不想睡觉。咱们喝完茶，收拾收拾，过一个钟头就动身去普罗尔瓦河。好吗？”

“当然要去。”

这座空荡荡的老房子立刻就热闹起来了。我点上了灯。我们用冰冷的井水洗了脸。炉火噼噼啪啪地响着，炉子上的水壶也吱吱地叫了起来。桌子上杂乱地堆放着面包、香肠、奶酪，还有导演从旅行袋里抖出来的鱼漂、鱼坠、绿色的铅坠、挂有渔钩的金色金属片以及装有渔钩的小铝盒。

我们走出房门时天还没亮。东方天边刚刚露出的一点鱼肚白还显得毫无生气。草地上覆着青霜。车辙里积的雨水结了一层透明的薄冰，我们的脚踩上去便发出一阵阵细碎的破裂声。空气中散发着枯草和柳叶的气味。雾蒙蒙的天空低垂着一轮暗淡的月亮。我们没开手电筒。远方奥卡河渡口处的灯杆上亮着一盏孤灯。

小时后我们来到了普罗尔瓦河边。它很深，是奥卡河流经森林的一段旧河床，河岸又高又陡。黑压压的垂柳倾向水面，河的上空已经现出了黎明的曙光。

看那河水！现在它是灰绿色幽静的秋水。不知是那正在枯萎的水草的气味还是那水的颜色有点令人联想到海水。这条河显得毫无生气，见不到鱼儿戏水，没有涟漪，没有轻轻荡漾到岸边的水纹。在浅水处可以看见昏暗而洁净的河底。

我们在能够挡住西风的陡岸下面选了一个地方。这种风总是要从清晨吹到中午。纤细的山杨抖动着，向河水抛撒着落叶。岸边的水面被落叶盖上了厚厚的一层，落叶中间隐约可见的鱼漂很像一朵朵小红花。这里的河岸上立着一些枯萎了的柳

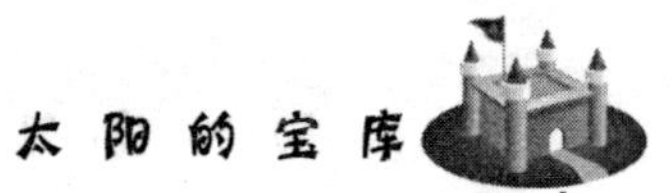

叶菜花。浓重的晨露使得大红的花瓣覆盖上了一层铁锈色的水皮。

有一种异样的感觉。一生中我曾多次向这种平静的水面甩过渔钩，我总会强烈地体验到一种不同寻常的十分悠然自得的感觉，感到隐藏在河水深处的某种神秘的东西即将来临。显然，这感觉与我们称之为幸福的感受极为类似。我已经意识到了一种幸福感。这一整天我将摆脱一切琐事的困扰，全天都将属于我。我可以不必匆匆忙忙，我会一分钟一分钟地，一小时一小时地注视这秋日将如何在我的眼前渐渐变得明亮起来。看那太阳如何在一片蔚蓝色的晨雾中升起，轻柔的风如何吹拂我头顶上的鬼针草，注视着鹤群飞向南边的奥卡河，还能够看到黑黑的河水深处时而这里时而那里有金色的大鱼一闪即逝。

篝火那刺鼻的轻烟已在水面上弥漫开来，我听到水壶里的水在翻滚，卷着气泡的水想必正在壶中鼓着泡。

最初没有鱼来咬钩。然而我们并不感到寂寞。这地方很靠得住，普罗尔瓦河还从来没有让我们失望过呢。

鱼漂抖动了一下，振起层层水圈，随即它稍稍倾斜着慢慢地滑向了一边。它滑得越来越快了，一边滑着一边沉入了水中。这是条河鲈！

我一抖竿，钓竿弯成了弧形，鱼线呼的一声切人水中。那条又重又有劲儿的鱼钻进了近岸的水草丛。我开始把它引向无草的水域，一边对导演喊道：

“拿抄网！”

当然啰，没有什么抄网。导演故意把它忘在家里了。他有自己的体验，认为如果带着抄网就会无论如何也钓不到大鱼。

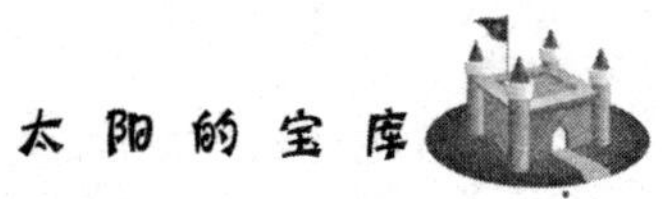

河岸很陡，显而易见，用这样细的钓丝是拉不上来的。怎么办？我引着它转圈，看到水中闪着银白色，才确定那不是河鲈。

“抄网在哪里？真见鬼！”我的声音不大，但很气愤。“又没带抄网！”

“是鳊鱼！”导演喊了一声，就着手匆匆地脱掉足球鞋。“遛它！继续遛！不用抄网也能把它弄上来。”

导演迅速地脱光衣服，爬到了水里。河水冰冷，可他却觉得既不冷也不热。

我终于把一条大鳊鱼引到了水面上，让它靠近导演。鳊鱼一受惊又以非常大的力量向深水里钻去。这样反复了几次，导演终于用双手抓住它，把它扔到了河岸上。

鳊鱼躺在悬钩子茎间湿淋淋的草地上。它很肥大，泛着粉红色，水顺着黑色的鳍往下淌。

导演用毛茸茸的浴巾擦干身子，穿上衣服，兴奋得直喊。他感到浑身热乎乎的，很高兴。

这是当天钓到的唯一的一条鳊鱼。接着上钩的都是些大河鲈，咬钩咬得很稳很重，几乎把鱼漂拖到了河底。

火堆上的水壶一直在滚开着，都要烧干了，可是我们无论如何也脱不开身去喝杯茶。在这样凉爽的秋天喝上一杯热茶那可是特别香甜的哩。

近晌午时天空变得晴朗了。厚重而澄澈的天空在头顶上闪耀。不热的太阳低低的，达不到穹顶，普罗尔瓦河两岸通红，像是着了火，令人难以忍受，让我们几乎失去了对周围现实的知觉。我想，在这里度过这样一闪即逝的短暂的一天胜过在柏

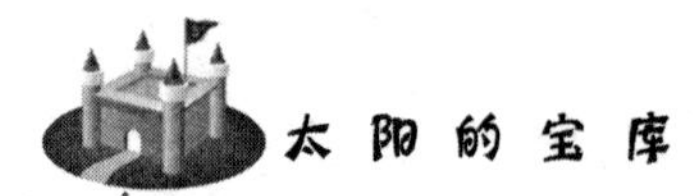

油味儿十足的城里过上整整一年。

这一天很短（或许这只是我们的一种感觉，因为钓鱼时时间就过得特别快）。不久黄昏便降临到河岸上了，一切都寂静了下来，淡紫色的水面上映出了远方的第一颗星。回家时天已经黑了。

每个人都会问我：那么，在这9月的一天里到底发生了什么事呢？为什么要写它？对那些这样问我的人，我但愿他们也能在河边过上这么一天。之后，他们就再也不会提出“发生了什么事”这类毫无意义的问题了。因为，那时他们就明白了：所发生的事就是你跟大自然交融了，跟我们秋天壮丽多彩的景色交融在一起了。我们一生当中究竟能够摊上多少这种日子呢？那是屈指可数的。然而，每个“钓鱼族”肯定都能理解我的这番话。

（1948年）

秋 水

一般我总是在9月末从农村回到莫斯科。这时湖里和旧河床里的水都变得澄澈而冰凉了。水草变成了棕褐色，风儿将黄色多孔的泡沫赶向岸边。鱼儿咬钩也是懒洋洋的、间歇性的。

淫雨和暴风雨的日子即将来临，叶子凋落的爆竹柳发出阵阵哨音，一派晚秋的凄凉景象。这时，对人来说，没有比独自呆在荒无人烟的地方更坏的境遇了。你清楚地知道，就在离你五六千米的地方有一座干燥的木屋，桌子上摆满书，一个歪斜

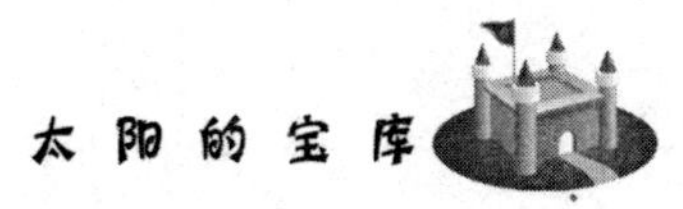

的茶炊吱吱响着。那里有欢乐的善于体贴的人们，然而你仍然摆脱不掉那种无望地深陷在密树丛中的感觉，那种置身于茫茫荒野上的感觉，那种只身站在灰蒙蒙水边的感觉。

没有人语，没有鸟鸣，没有鱼儿戏水，只有低低的稀疏的阴云在奔跑。时而有冰冷的秋雨从云中落下，时而浓雾袭来遮住眼睛，飘下湿漉漉的雪花。

这就是我印象中晚秋的景色。那时根本谈不到什么钓鱼。鱼儿都游到水底的深坑里去了，一动不动地呆在那里打盹儿。鱼儿只能挤在深秋的黑暗中日夜倾听着头上肆虐的风声，听着浪涛冲击岸边泥土的声音。

渡手西多尔·瓦西里耶维奇是一位安详而又彬彬有礼的人，裹着一件褐红色的羊皮短袄。他很同意我的看法。

“那还用说，”他说，“秋天里鱼的日子可难熬啊。去他的吧，谁也不想过那种日子。你瞧，四周真可说是满目凄凉。白天都冻僵了，在茅屋里一整夜都缓不过来。”

每回从农村回到莫斯科我都不感到惋惜，虽说在内心深处会有点歉疚，仿佛我把自己忠实的朋友抛下了，让他去捱那难熬的冬日。我抛下了那些柳树、那江水、那湖水、那熟悉的灌木丛和平底船，而自己却跑进了城里，跑到火炉边，跑到了温暖的世界里，跑回到热闹的人群中，直呆到新一年的夏天。

有时在莫斯科也会感到这种可笑的自责，或发生在开会期间，或发生在音乐学院的大音乐厅里。“那里怎么样了？”我心里想，“黑夜一定很难熬。刮着风，冰冷的雨水冲刷着愁闷的土地。那些柳树、刺玫、松树，那些被暴风雪折磨苦了的鸟儿和鱼儿能活下来吗？”

然而，每当春天我回去的时候，我都会为生命的活力感到惊异。令人吃惊的是：幽静的、雾蒙蒙的 5 月正是从那严冬中昌盛起来的，刺玫开花了，鱼儿在湖水中嬉戏。

去年我头一次在乡下一直呆到了冬天，呆到严寒袭来，呆到下雪。一切根本就不是像我所曾想象过的那样，甚至于对那想象之中的秋天也要做出一番修正。

正如各家报纸上所说的，这样干燥而温暖的秋天在俄罗斯 70 年来都不曾有过。农村的老年人们都同意这种说法，他们说报纸上说得对，在他们的记忆之中，不仅从未见到过，甚至连想都不曾想到过会有这样的秋天。“暖流一个劲儿地从奥卡河上吹过来，没完没了。”

确实，在奥卡河的南边，几个星期以来天空一直显得高高的，亮亮的，被暖风吹得很开阔，从那里吹过来一些网状的云。它仿佛使空气变成了一段段银色的细毛，翻滚着，闪烁着。我坐在岸边守着钓竿，久久地注视着这奇妙的景色，忽略了鱼儿在咬钩。

植物在枯萎，绿色变成了古铜色，几乎看不到通常那种秋天的金黄色。看来，叶子只能在潮湿和阴雨中变黄。大地呈现着干枯了的酸模的那种红棕色，只有大地上湖泊中的水现出微绿的颜色。

我钓鱼直至湖面结冰。这种垂钓甚是奇妙，进展得十分缓慢、细腻。或许，我所描写的这些全都是那些有经验的钓鱼爱好者早就习以为常的了。然而，我仍想表达一下秋季垂钓的切身感受。

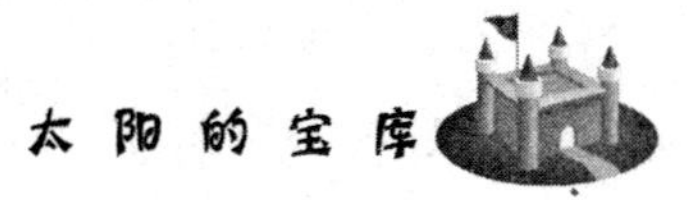

钓鱼的爱好者形形色色，并且其中的每个人都有着自己独特的性格。

有用绞竿钓鱼的，有喜欢用底钩、滚网和冰下钓鱼蝇的，有阿克萨克夫式的只用渔竿钓鱼的，最后还有一种人专门使用渔网和拉网捕鱼，说这种人是钓鱼爱好者，我持怀疑态度。我认为，他们已经是滥捕滥捞的非法之徒了，尽管他们表面上装出平和、老实的样子。

用绞竿钓鱼的都是些精力充沛、不安稳、到处游荡的人，他们很像打猎的人。用钓竿垂钓的人则多是静观者、诗人，差不多都是些喜欢讲童话故事的人。

在用绞竿和用钓竿垂钓的人之间出现了一种紧张的关系，我看那是互相讥讽的关系。用绞竿的讥笑用钓竿的，摆出一副高高在上的姿态。用钓竿的垂钓者通常则是漠然置之。既然人家不懂得垂钓的奥妙，那还有什么可争辩的呢？

钓鱼者之间轻微的纷争，那当然是“斯拉夫人之间古老的争论”，局外人难明究竟。我不便于过分地赞扬那些使用钓竿的垂钓者，因为我也是他们之中的一员。为了做到不偏不倚，当然可以找出其共同的缺点。

自然，他们都有自己的虚荣心。他们为自己对大自然的知识，对大自然的理解而深感自豪，称自己是“阿克萨科夫派”，是这位俄罗斯大自然的鉴赏家和诗人的追随者。

除此之外，使用钓竿的垂钓者一般说来都是些好交往的十分健谈的人，而在垂钓时他们却令人惊异地全都变成沉默孤僻的人了。让他们气愤至极的就是那些不相干的人和无所事事者的在场，即使那些人只不过是坐在他们的身后。对此，每个用

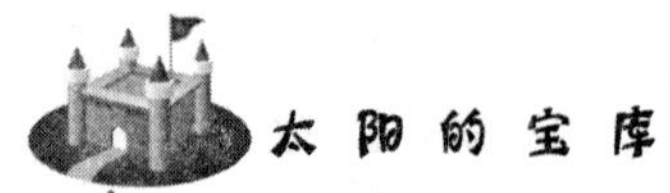

钓竿垂钓的人都会感到怒不可遏，就如同一个厚颜无耻的陌生人从大街上径直闯进了你的家里一样，他一进来就大模大样地坐下，伸着两条腿，默不作声地在房间里十分放肆地环顾四周，压根儿没把主人放在眼里……

事实确实如此，不过我说得离秋季垂钓这话题有些太远了。

暖秋被几个严寒的日子打断了。泥土冻得僵硬了，蚯蚓钻进地下深处，要挖出来已是不可能。这种情况引起了乡下朋友们的不安。有人建议我到一堆堆陈年的粪堆下去找，严寒侵袭不到那里，或者是到离村子 4 千米远的峡谷里去。那里有堆积如山的碎木屑，底下可能会有蚯蚓。另一些人建议去捞螟虫，虽然他们心里明白眼下那几乎是不可能的。那些最怯懦的人则一再强调说蚯蚓都钻到离地面 3 米深的土里去了，钓鱼的事只好作罢。

最后，我只好走上 4 千米的路到那个堆满木屑的峡谷里去。谁也说不清楚木屑怎么会到山谷里来，因为附近根本就没有伐木场。

我在木屑中翻腾了几个小时，只挖到三四十条蚯蚓。

第二天稍微暖和些了，可是草地上覆了一层霜，恰似一层细细的盐粒儿，刮着刺骨的北风。那风在灌木丛中呼啸着，吹来一片乌云。远处旧河床岸上的森林发出沉闷的隆隆声，在草场上都听得见。

我向草地上的湖泊走去，徒劳无益地幻想着在树林中能有那么一个小而深的湖。在这样的大风天里，那儿也会风平浪静，能够看出鱼漂细微的抖动。这想法纯属异想天开，因为这

片树林里根本就没有湖。不过我还是希望能有这么个湖。我甚至还在这一带地方选中过一个干爽而暖和的凹洼，它就该在这片树林里的什么地方。

这种林间小湖有一间屋子大小，我看见普雷河附近的树林里就有。这些小湖夏天里看上去显得十分神秘，漆黑的湖水里漂着水草，水面上有龙虱跑来跑去，还有某种东西在闪着光。

一次，我曾往这样的一个小湖里甩过竿，可是连靠近湖边的地方都够不着底儿。

可是，我挪了挪鱼漂之后，蚯蚓就落到湖底上了。鱼漂一抖，快速地游向了一边，既不沉下也不晃动。我一抖竿，随即拉上来一条肥肥的、差不多全身黑色的鲫鱼。它的嘴默然地一张一合，尾巴在草地上甩了一下，就冻死了。

现在，这里根本就不挡风，也躲不开坏天气的侵扰，我坐在草地上的斯图坚涅茨湖边，向往着那个小湖。湖边的水已经结了冰，但它清亮透明，几乎看不出是薄冰。

鱼儿不咬钩。我望着铁锅底般的黑水，望着已经朽烂了的百合花叶子，望着水波，我心里明白干坐在这里是毫无希望的。这小湖里的一切东西仿佛都已经死绝了。草场上空荡荡的。只在远处有一位穿着毡靴、上了年纪的农庄庄员在给草垛围篱笆。

围好篱笆，他朝着我走过来，在身边坐下，点上一支烟卷，说道：

"你不能在这儿钓。我敢肯定，你钓的不是地方。"

"那么该在哪里钓呢？"

"这是规律，"庄员不听我的，只管说他自己的。"在这样的深秋，草场上湖里的鱼都不咬钩。不管你往哪儿甩钩，往深处甩也好，紧靠着岸甩也罢，鱼就是不咬钩。老兄，这老早就验证过了。我敢肯定。我自己也爱钓鱼。”

“那么该在哪儿钓呢?”

“问题就是该在哪儿，”庄员答道，“应当在河里钓，那儿是流水。到河边去吧，走上 10 分钟就到了。找个河岸比较陡的地方，在悬崖下面。要找个水面平静的地方，明白吗？找那么个风对你和鱼儿都不碍眼的地方。你往那儿一坐就等着吧，鱼儿早晚会朝你游过来的。我敢向你保证。老兄，在这儿坐着可是大大的不值得啊。”

我听从了他的劝告，到河边去了。那是一条平静而宽阔的大河，沙质的河岸又高又陡。只在河中央那里才看得出河水在流动，岸边的水是静止的，还没结冰。

我走下陡峭的河岸，轻舒了一口气。陡岸下边很静，没有风，甚至还挺暖和。天空中，灰蒙蒙的阴云不停地从我的身后吹过去。

我甩好钓竿，吸起烟来，把手插进皮袄的袖筒里，开始了等待。我脚边的沙地上有一些很大的爪印。我久久地注视着那些爪印，最后猜到那是狼留下的。狼从柳茅子丛里出来，到这地方来喝水。

我想起一些集体农庄庄员讲过，说这个时候狼正在“挨饿”。草场上一空，狼就从林子里跑到这儿来，顶不济也能吃到田鼠。秋天的田鼠很肥，跑起来直摔跟头，想逮到它不费吹灰之力。

我裹着老皮袄暖和过来了，沉思着，竟打起盹儿来。我惊

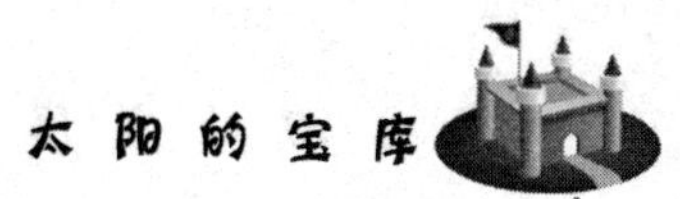

醒过来，只见那河面上，树林上空，我的头顶上，都有洁白的雪花在缓缓地飘落下来，融化在黑黝黝的河水中。

这时我发现翎毛制成的鱼漂开始小心翼翼地往水下沉，照这样完全沉入水中得用去一分钟的时间哩。当缓慢的水流冲击鱼饵或是有河虾来吞饵时，就会出现这种情况。我等了一会儿，为防万一抖了一下竿儿，一条重重的鱼向旁边窜去，于是我钓上一条很不错的河鲈来。第二条河鲈咬钩时鱼漂沉得比第一条更慢，更不易发觉。第三条只是把鱼漂稍微向一旁移了一下。这轻微的移动之所以能够被发现，是因为水面上没有任何涟漪，再加上鱼漂竖立在一条露出水面的树根旁边。

我久久地注视着，鱼漂与树根之间的距离在极其缓慢地加大，当离开的距离达到了1米时我一抖渔竿，拉上一条肥大的河鲈。这些河鲈都浑身冰冷，像一条条冰棒。

雪在一个劲儿地下着。古铜色的大地本来星星点点地缀着几处树皮泛着红色的柳树丛，现在地面眼看着被静静地蒙上了一层白色的罩布。

那位庄员说得对。连我都验证了他的话。只有河里的鱼咬钩，并且还得是在那些又寂静又无风的地方。

河上、湖上以及旧河道上的冰在逐日增多。起初冰很薄而且透明，像海上那样，冰面呈现着一道道因阳光照射而形成的线，随后冰面就被雪覆盖住了。

村里的孩子们已经开始用自制的曲棍玩起冰球来了。河面上只有一处很久也没被冰雪封住，不断地腾着雾气。

我坐进小船，在冰面上滑着到了那里，就坐在船里在冰边上垂钓。河鲈咬钩咬得谨慎而缓慢。当我把它们从钩上取下来

时，我的手指都冻木了。

草场上来了一位疲惫不堪而心情平和的老头儿。他走来走去，手里拿着一把扫帚，还带着一段老大的松树根，像一柄铁匠用的大锤，还有一把抄网。

“老爷爷，干什么呢?”初次一照面的时候我就问。

“打水塘里冰下面的鱼，”老头儿说着，不好意思地笑了笑。

“还带着把扫帚干啥?”

“扫冰上的雪。雪还没冻住呢。扫去雪往冰下面看看，要是岸边底下有圆腹雅罗鱼或者是梭鱼，就打打。只是得重重地打才行，要用足力气，把鱼震得翻白，然后砸开冰，趁着它还没缓醒过来用两只手去抓。”

“今儿个抓到不少吧?”

老爷爷转过身咳嗽了一阵。

“哪里……差不多什么也没弄着。冰太薄了，怕掉下去。等冰结实了，雅罗鱼就都来了。我亲眼见过那些雅罗鱼，老大的，至少有 8 千克重哩。”

渡手西多尔·瓦西军耶维奇对我讲过，老头儿就这样整整走了一个月，几乎连一条鱼都没抓着，“他太老了，哪里能干得动猎鱼这种活儿啊!”

“他就喜好这个，”西多尔·瓦西里耶维奇说，“就这么走来走去的，一心想着碰上一条 10 千克的大雅罗鱼。我不惹他生气，也不笑话他。每个人都有自己的幻想嘛。”

很快连这位老头儿也不去湖上转悠了。一天夜里，真正的严冬来临了，下起大雪盖住了冰面。到了早晨从远处一看，整

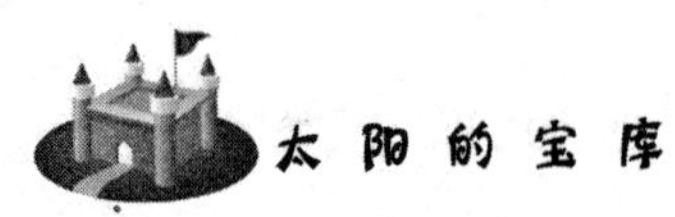

个村庄变成了一个用发乌的白银打就的小玩具。远处散落的几只小烟筒冒出的炊烟在那一棵棵因大雪而变得臃肿的老榆树间弥漫着。秋季的垂钓结束了，该收拾一下回莫斯科去了。

这样看起来，从一些细琐的小事中也能获得新知识。比如，鱼在秋季如何吞饵，在哪里能找到这种鱼，诸如此类。然而，与这些琐事相关联的还有许多的交谈，与人们的会面，会有许多对自然的感受或观察，而琐事也会有远比我们所设想的大得多的意义，甚至为它费上这些笔墨也是值得的……

（1950 年）

黑海的阳光

每当我们俄罗斯北方这里开始秋雨连绵，每当那如烟似雾的淫雨吞没了森林和灰蒙蒙的广阔河面时，人们就会怀念那远方黑海的阳光。

我们这些钓鱼爱好者通常总是耐心地等待着雨过天晴。而这种坏天气大半总是在夜间结束。我们常常是在万籁俱寂之时从睡梦中醒来。这时，木屋的铁皮屋顶不再传来雨点的敲击声，老榆树也不再被风吹得沙沙作响，屋外只有最后几滴雨忽而在这里忽而在那里发出滴落的声响。

透过阁楼的窗子可以看到，坏天气被大团大团一眼望不穿的黑云带到森林的那边去了。无云的夜空中，雨水冲洗过的大熊星座在闪烁。

然而，当坏天气肆虐，我们被它闷在木屋里的时候，大家

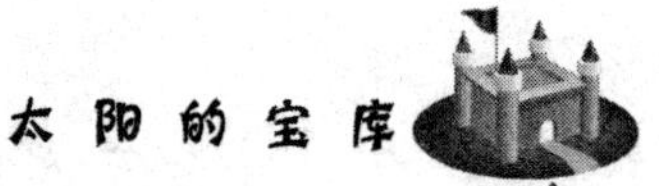

都喜欢谈论在另一种天地里，在南方万里晴空下钓鱼的往事。

我最喜欢的还是我们俄罗斯中部地区的大自然。我觉得在这儿的河里、湖里垂钓真是妙不可言。不过，在阴雨连绵的日子里，我同样要回想起在黑海之滨垂钓的情景。海上钓鱼也有许多特点和美妙之处。

我想起了敖德萨的老防波堤，它已经让烈性的盐碱和铁锈弄得像海绵一样千疮百孔了。

防波堤上洼坑里的水被太阳晒得滚烫，掉进去的虾会立刻烫死，变得全身通红，就像在开水锅里煮着的螃蟹一样。

大虾当然不会自己爬到那些水洼里去，那是渔夫们掉在地上的。大虾是装在漏斗形的厚纸袋里出售的。每个渔夫的衣袋里都揣着两三个这样的纸袋，装着一些油橄榄，一块羊奶干酪和新烤制的阿尔纳乌特[①]式的面包。

帕娅大婶是一位又瘦又小的女人，她就在防波堤上卖大虾，敖德萨当地人称为“小虾”。她的嗓音特别尖细，只有那些心性豁达的敖德萨垂钓者才能忍受。

“公民们，听我说！”帕娅大婶坐在扣放在地上的大虾篮子旁，刺耳地尖声叫道。“难道我生来就注定要永远摆弄这些该死的小虾吗？根本不是这么回事！我有自己的想法，要把我的莫佳培养成出色的小提琴手。他眼下正在跟斯托利亚乌尔斯基学拉提琴哩。我要不把莫佳培养得如愿以偿，就让我不得好。”

完全弄不懂帕娅大婶的这番话是对谁讲的。垂钓者们都远远地坐在防波堤边，盘着腿，长长的竹钓竿（敖德萨当地人叫

① 俄国人称阿尔巴尼亚来的移民为阿尔纳乌特人。

"柳条杆"）插在石缝里。帕娅的喊声当然会传进垂钓者的耳朵，可是他们都习以为常了，听而不闻，犹如海边的居民已经听不到海浪的拍岸声一样。

只有一只火红色的猫贾玛在听着帕娅絮絮叨叨。它是这防波堤上唯一的永久居民。它闭着一只眼睛睡在帕娅大婶身边的太阳地里，另一只眼睛为防备万一而眯缝着。贾玛用这只眼睛懒洋洋地关注着防波堤上的一切动静。

贾玛是怎样来到堤上的，谁也说不清楚。多数垂钓者都倾向于这样的看法，即贾玛已偷盗成性，于是主人就把它带到了防波堤上，以便一劳永逸地摆脱掉它。这是因为防波堤跟海岸并不连在一起，来这里必须乘坐舢板才行。贾玛呆在堤上就像流落在荒岛上一般。

贾玛以偷鱼为生。它睡在堤上的一个因大石块滑落而形成的石缝中间。那石缝不是朝向海浪冲击的大海，而是朝向海港这面。即使当海上狂风大作之时那里也是风平浪静的。

这只猫竟然能想到选择如此好的栖身之所，这一点甚至赢得了人们的某种敬意。也许正是出于这种敬意，垂钓者中竟有人把一个空罐头盒放进了猫栖身的那条石缝当中。那是个"茄汁鳂虎鱼"盒。垂钓者们就往这空罐头盒里倒些淡水，有时甚至倒进些果汁汽水，那得是有人带来果汁汽水并且用绳子把它系到堤下海水深处"冰镇"起来的时候。

帕娅大婶把大虾盛在一只圆形的筐子里，上面盖着海草。筐上插根棍子钉块木板，那位未来的小提琴家用略显犹疑的笔触在上面写道："公民们！赊购影响关系！"不过，尽管有这个书面警告，帕娅大婶还是心甘情愿地把大虾赊给钓鱼的人们。

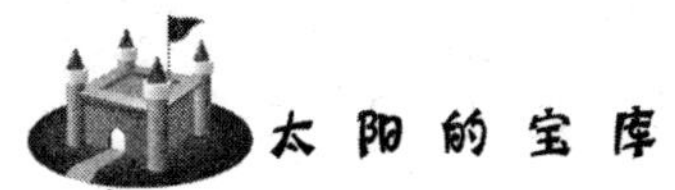

我和诗人爱华德·巴格里茨基一起在防波堤上呆了好几天，回城时皮肤都晒成了古铜色。

巴格里茨基教会了我在防波堤上钓鱼。在长长的鱼线上一连拴上几个钩，末端再拴上一个重重的铅坠。敖德萨的垂钓者只用镀银的白色渔钩钓鱼。他们说海鱼爱咬这种钩而不愿咬黑色的钩。

在防波堤上钓鱼可是一件大快人心的事。我们呼呼作响地在头顶上甩着鱼坠，远远地抛出渔钩，鱼线切人蓝绿色的海水里向海底沉下去。从鱼线上急匆匆地升起一串串小气泡。大海在呼吸，海水一会儿升起冲上堤岸，一会儿又落下去露出防波堤。在河里钓过鱼之后，对不看鱼漂我一时还不习惯。在防波堤上钓鱼一般不用鱼漂，凭鱼线感觉是否咬钩。咬钩时鱼线会神经质地抖动。这时就要起钩，赶紧把鱼线拉起来。

上钩的有大黑鰕虎鱼，叫“鞭子鱼”，小比目鱼，叫“黑海鲽”，还有羊鱼、海鲈，另外还有梅花鲈，它活像一根带刺的骨头。

当时我觉得海鱼很神秘。它们从大海里被拽上来，抖动着，水花四溅，从远方的凉爽世界出来一下子摔在防波堤滚烫的石头上。它们的一切都令人惊奇，不只是那五光十色的闪光，还有那股刺鼻的鲜味儿。我想，大概珊瑚礁也散发着这种气味吧（虽然黑海里没有那种珊瑚礁）。或许，它们会散发出冒着气泡的海草那种气味，或许散发出的是海水那种永恒的鲜味。这种气味很像是一场长时间喧闹的雷雨过后的那种臭氧的气味。

闪闪发光的羊鱼很像刚刚铸造出的银币，一遇到空气马上

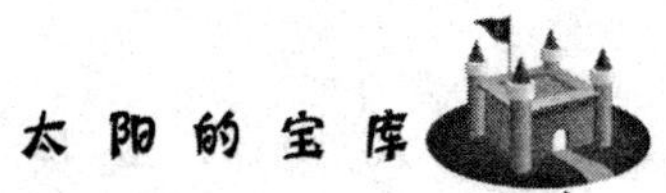

就变成淡紫色，并且布满红点儿。海鲈鱼像珠母那样闪出海水中孕育着的各色蒙蒙的奇妙的光，从天蓝色到金黄色和鲜红色，应有尽有。海鲈鱼闪现的颜色很像晚霞在海水中映出的那种渐渐淡下去的色彩。

一次，一位戴着褪了色的土耳其帽的垂钓者钓上一条鲂鮄鱼来。这是黑海里一种罕见的奇特的鱼。

那条鲂鮄鱼躺在防波堤上，摆动着鳍，闪着蓝色的光。一群垂钓者围在一起默默地看着这条奇特的鱼。

最后，一位资格最老的渔夫，希腊人赫里斯托走到鲂鮄鱼跟前，小心翼翼地掐住它的鳃，顺着乱石嶙峋的石径走到水边，把它抛回了大海。这是渔夫们一条古老的规矩，钓上鲂鮄就一定要把它放回大海。这种鱼太不寻常了。炸食这种鱼简直是亵渎神明的行为，如同拿名家的绘画珍品去生火炉。

我清楚地记得防波堤上的一个“伟大的鲭鱼日”。海面上蓝蒙蒙的，风平浪静。晨雾中远方的多芬诺大海岸隐约可见。它泛着赭石色。

阳光照耀下的这种寂静从防波堤下伸展出几千海里开外，直达克里米亚海岸，到高加索，到阿纳托利亚和波斯普鲁斯。就是那些坐在自己的长“柳条杆”边的垂钓者也不再往水中甩竿了，被这蓝蒙蒙的景色，被这静谧慑服了。

帕娅大婶不住地赞叹着。

“我们的大海多美啊！”她悄声说道，“美得让你简直不敢相信世界上竟然还会有各种仇恨和贪欲。”

我和巴格里茨基躺在防波堤上仰望着天空。天空仿佛在迅速地向高处伸展，直朝着那高不可攀的苍穹奔去。我们把钓丝

缠在光脚上。鰕虎鱼在急不可耐地扯着鱼线，可我们却懒得起身，舍不得破坏这清晨壮丽的景色。巴格里茨基在悄声地背诵着藏拉·茵贝尔描写敖德萨之秋的诗句：

秋天的空气稀薄而危险。
另一种曲调，另一种氛围。
可爱的城市在秋天里更美，
市井的喧闹也变得柔媚……

突然一切都动起来，忙乱起来了。垂钓者抓起了钓竿。水面上犹如千万颗窄窄的银弹齐发，鲭鱼群在水中疾驰而至。鲭鱼群呈扇面形猛冲过来，恰似一串串窄窄的活纺锤。海鸥噼噼啪啪地鼓着翅膀铺天盖地般从广阔的海面上风驰电掣地飞来，仿佛一场暴风雪在袭击着防波堤。

霎时间整个防波堤上所有的渔竿都提了起来，犹如被大浪掀起一般，每条渔竿上都有鲭鱼在摆动，在闪光。

钓竿频繁地不间断地起落着。整个防波堤上蹦着蓝色脊背的结实的鱼儿。那条名叫贾玛的猫在蹦跳着的鱼儿中间转来转去，一双眼里燃起了绿色的狂喜。帕娅大婶嘴里喊着什么。一批新的垂钓者乘着舢板匆匆向防波堤驶来，听得见岸上的人在扯着长声喊道："鲭鱼来啦！"那边人群中敖德萨的孩子（当地叫"小家伙"）拼命地骚动着。他们想到防波堤上来，而舢板不载他们。

垂钓者所有的篮子里都装满了鱼，而鲭鱼群仍在水中闪着缕缕银光不停地疾驰而来。一艘远洋油轮正在进港，威严地鸣

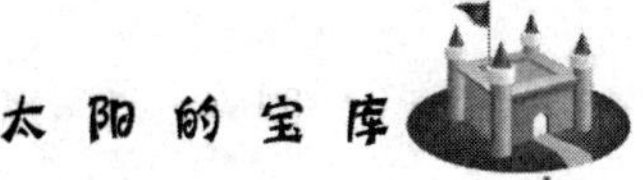

着汽笛。油轮底部的红色油漆映在水中荡来荡去。鲭鱼穿过水中的船影时霎时间变得一片鲜红。油轮不断地鸣笛向这南方的大港致敬。船尾拖着长长的一道浪痕从遥远的风平浪静的海上驶来，我觉得这浪痕似乎在海水中永不消失，凭着它就可以画出这艘船从远方雾蒙蒙的、炎热的海上直抵敖德萨的轨迹。

此后我时常在黑海边垂钓，在巴拉克拉瓦、雅尔塔、科克捷别尔，在苏呼米和巴图米附近都钓过鱼，却一次都没看到过像在敖德萨这个秋日的清晨所见到的如此无法计量的鱼群。大概我也没有看到过这种微微带雾而又晶莹剔透的平静海景。诚然，海上还有其他平静的时日，然而它们之间却有着很大的差别。一年之前我曾在科克捷别尔。卡拉达格死火山在海中造就了一堵堵烧得光秃秃的石壁。卡拉达格火山威严而阴沉，躺在它脚下的大海默默无语。它在天空白云的映照下呈银白色。老远就可看见灰色海水中的一线防波堤，仿佛有一只小蟹的双螯紧紧地抓住了那根线。

海鲈鱼只是偶尔地咬咬钩，因此我有时间长久地注视黑刺李丛生的黄色山岭上空那五颜六色的云朵。那些云朵飘浮在整个克里米亚的东部，犹如飘浮着的群岛。

我记得在黑海边钓鱼的许多美好的日子。记得巴拉克拉瓦那艘旧的“巫师”号三桅纵帆船。我曾坐在它那干裂了的甲板上钓过鱼。我记得马桑德拉的花岗岩码头，活像中世纪的要塞。在那里钓鱼，一个小时只能钓到一两条虾虎鱼，尽管如此，倒是可以在被海水冲刷得光光的温暖的石头上坐上整整一天，打打盹儿。

我记得在苏呼米附近的海边曾使用过一个滚烫的大螺母。

我还曾把一个扁平的卵石拴在钓丝上当铅坠用。当我在头顶上绕着圈甩钩时，卵石时常会脱落，狠狠地摔在岩石上，如同炸开的子弹。这时岩石上就冒起刺鼻的青烟，发出一股火药味儿。

我还记得在巴图米港垂钓的情景。红色软木鱼漂常常挂在为数众多的橘子皮中间，风儿从岸上把黑油油橘叶的柠檬气味儿吹送过来。黑海在防波堤外面喧闹着，一艘艘大货轮倾斜着船身停在那里睡大觉，等着装货。

尽管很美妙，我仍然认为海边垂钓不能跟在河上钓鱼同日而语。首先，在海边会受到风暴的干扰。在河上垂钓必须使用更多的窍门和技巧，而海里的鱼咬起钩来很贪婪，不分青红皂白，即使用些碎布块当诱饵，只要颜色鲜艳，海鱼就会上钩。不过，我们还是要感谢黑海。不仅要谢谢它的欢快气氛和又喧闹又多泡沫的海浪，而且也要为在它的岸边垂钓而感谢它。它充满了诗意。哪怕只为看看那些被海浪小心翼翼地冲到岸边你脚下的那些柠檬皮，只为听听浪花的低语，看着大量的云朵如何飘向山巅，而傍晚时它又如何渐渐变得稀薄。为了这一切就值得在海边坐上一整天。这些都不由得令人想起一位伟大的诗人。他是那样狂热地倾心于这南方的大地，为我们留下了吟唱它的美妙诗句：

飞奔着的一排排云朵渐渐稀薄……

（1951 年）

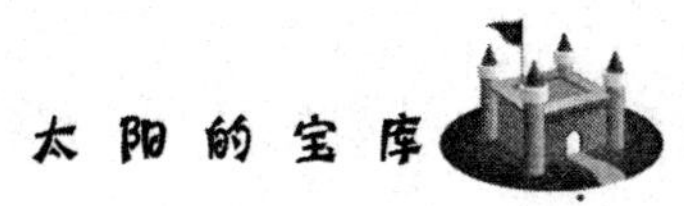

垂钓者大家族

俄罗斯老作家阿克萨科夫老爷爷是一位尽人皆知的、经验丰富的热心垂钓者。他写过一本非常好的关于钓鱼的书，书名叫《钓鱼笔记》。这本书的优秀之处不仅在于它极好地表达了垂钓的诗情画意，还在于它是用甘洌的泉水般纯净的语言写就的。

我把阿克萨科夫称为老爷爷。迄今为止被我们这样称呼的只有寓言作家克雷洛夫。然而，阿克萨科夫与克雷洛夫同样有资格享有这个亲切的称呼，因为他心地善良，沉着持重，观察力敏锐。

在俄罗斯文学史上，阿克萨科夫是第一位描写钓鱼这项奇妙活动的作家。这项活动促使人去认识大自然，热爱大自然，去跟大自然同呼吸共命运。

自然之美以及其中蕴含的奇妙之处最易于展现在垂钓者的面前。可以大胆地说，任何一个人，哪怕他只有一天曾守着钓竿坐在河边或湖边，如果他饱尝过野草和水的气味，倾听过鸟儿的啼啭和仙鹤的唳鸣，看到过阴暗的水中大鱼泛起的白光，最后，如果他还感受到过鱼儿牵着极细的钓丝游动的滋味，那么从此他就会久久地回忆着那一天，回忆自己一生中那最宁静、最幸福的一天。

他会感到四周的一切都是非同寻常的。那浮在水面上蹿来蹿去的橄榄绿色的龙虱，那长满了水藻的棵棵树根，还有那长

着水荞麦的粉红色的小岛，片片火烧云的金边儿映在晶莹的水中闪闪发光，还有那首现的星，像一颗蓝色的宝石映在湖水中抖动着，还有那深夜的寂静，呼吸着密林里湿润的空气总是显得有些神秘。

大自然教会我们理解美妙的东西。对祖国的热爱与爱她的大自然是密不可分的。因此，包括使我们接近、亲近大自然的垂钓在内的一切活动都蕴含着最广义的爱国主义的内容。

垂钓不仅能培养我们热爱祖国大自然的情感，还能教给我们许多有关自然的知识。这种知识的积累是逐渐的、缓慢的，日复一日地进行着。一个人知识越多，对社会的贡献就越大，因而他本人的生活就更有趣，更富有成果。

只需在岸边度过一个昼夜就足以看到许多美好的东西了。而这些又是呆在城里的人任何时候都见不到的。

为了证明这一点，我会以自身的经验为例，从自己无数个垂钓日中信手拈来一天加以描述。

在我最常钓鱼的那一带地方，有一段奥卡河宽阔的旧河床，被称为穆兹加。我给您描述穆兹加的一个秋日，您自己就会明白，有多少知识，多少诗意，蕴藏在这段河岸之上，隐藏在平静的河水之中。

不过，首先应当消除一个流毒很广的愚蠢成见，那就是，有人说钓鱼是一种“坐着”的功夫，说垂钓者是世界上最不好动的人。实际情况恰恰相反。

您想啊，我住的村庄离穆兹加不下 10 千米。也就是说，我得走上 10 千米的路，然后再走遍穆兹加 20～25 千米的河岸，支起帐篷，为篝火拾柴禾，再把橡皮艇充好气，划着这只

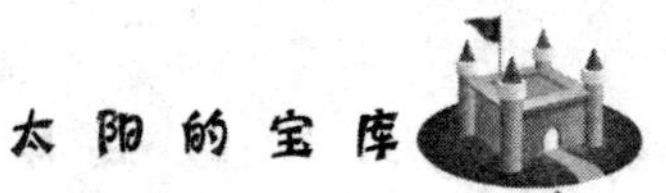

皮艇走上 5～6 千米的水路，才能从穆兹加回到村子里。

有一次我们这些钓鱼爱好者计算了一下，每个月我们为钓鱼走的路就不下 600 千米。

有人嘲弄钓鱼爱好者，说他们“像一根根木头桩子”似的坐在河边。若是他度过了一天这种垂钓者“坐着的”生活，过后你再瞧瞧他，正如常言说的，那简直就没法看了。我保证，你会看到这位仁兄的处境会相当可怜。他将疲惫不堪，被蚊虫咬得浑身肿胀，被太阳晒脱了皮。他睡眠不足，让篝火的烟给熏得乌眉皂眼，叫悬钩子刮得遍体鳞伤。

垂钓能够使人经受极大的锻炼。只是最初的日子十分艰难。随后你会渐渐习惯于炎热和寒冷，习惯于大雨把你全身衣服浇透，再让风吹干，习惯于以草为床，以星空为被。

一旦养成了习惯，人最后就进入一种状态，即对自然界的一切都不会感到可怕，住屋的四壁之内已经不再是人唯一可靠的庇护所了。只有到了那个时候，大自然才会将自己的多姿多彩及强大的威力展现在人的面前。

这时，被称为“屋里蹲”的人们曾在自然面前经受过的一切恐惧就都变成既费解又可笑的东西了。对于大雷雨和倾盆大雨他们曾感到恐惧，对浓雾和酷暑他们怕得要命，他们曾害怕漆黑的夜，怕狂风，怕森林，怕莫名的声响。对于一个“屋里蹲”来说，大自然中充满着不舒适，一切的不愉快尽在其中。

难怪一位著名的垂钓爱好者、作家盖达尔喜欢说：“钓鱼时犹如置身于前线一般。”他说得不无道理。在最近这场战争中，我的不少垂钓者朋友，他们从事什么职业的都有，有作家，有导演，有画家，他们那种吃苦耐劳的精神和训练有素的

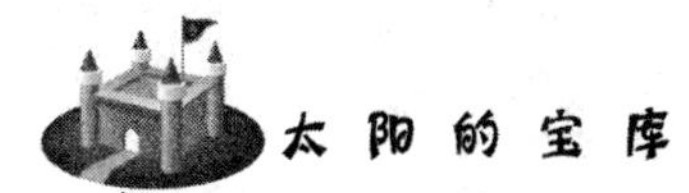

表现，使得许多最有经验的、饱经风霜的军人都深感吃惊。

然而，还是让我们回到我已经许诺过的话题上来吧。我答应要讲述我垂钓的一天。可是，我还要说几句离题的话。在讲述那一天之前，我想问问我的读者中的随便哪一位：一生中见到过几次日出？

当然，读者的头脑一热，自然就会回答说：见到过许多次。然而稍加思索之后，他就会同意我的看法：那远不是常有的事。甚至相反，那是很少有的事。

多数人没有必要黎明即起，而垂钓者却必须当朝霞在东方刚刚泛出鱼肚白的时候就来到河边。繁星开始消逝，接着在一片雾蒙蒙的寂静之中，一轮红彤彤的大太阳从草地、从水面冉冉升起，那是漫长的夏日的太阳。

没有一次日出跟另一次相同。太阳升起时有时像一个金球，有时像一个白色的幽灵，从秋天浓重的昏暗中升起，而有时它却像一颗闪闪发光的大钻石。它的闪光在湿漉漉的叶面上会点燃成千上万颗小太阳般的小钻石。然而那钻石中最明亮的一颗却是永远地闪耀在离太阳不远的地方。它就是启明星。

对我们的生活来说，每个新一天的到来都是一幅既平凡又庄重的场景。每一位亲身感受到过黎明前那清爽空气的人，看到过启明星在远方森林上空闪闪发光的人，曾被太阳初升时那怯生生的暖光抚摸过面颊的人，他当然永远都不会忘记这一切的。

垂钓的奇妙之处还在于它让我们在一昼夜、一年的任何时候，在任何条件下，都能够面对面地注视大自然。

有哪一位“认真做事”的人会想到要在夜里两点钟起床

（那时窗玻璃因寒冷而凝满了水珠），匆匆喝过茶就离开家在荒无人烟的森林里走上 15 千米的路，赶到林中的空无一人的湖边上去呢？在黑暗中赶路，有时还冒着雨，呼吸着湿漉漉的圆刺柏和腐烂的蘑菇夜间发出的刺鼻的气味。没有一个垂钓爱好者未曾体验过这夜间赶路的异乎寻常的妙趣，甚至一回想起来心跳就会加快。

接着，穿过潮湿的草丛来到湖边，生上一堆火烤干衣服，再喝些茶，就着那从脚边随手揪来的越橘果，然后就把拴着红色翎毛鱼漂的钓竿甩向昏暗而静谧的水中。甩竿后就等着，欣赏着雾蒙蒙湖面上挂着的两个相隔不远的大大的黄色太阳，一个在天上，一个在湖水之中。

不过，我仍是偏离了描述垂钓日的话题。应当回过头来说说穆兹加，以便哪怕是扼要地讲一讲在那里可以知道些什么，看到些什么。

首先可以见到和了解到许多种类各异的树木、灌木和草。老黑杨径直立在水面上。它那布满裂纹的发白的树皮很像发乌的白银。散发着气味的黄色叶子从树枝上落下来，飘到水面上。河水静止不动，黑杨树叶从树枝上飘落下来的情景在水的倒影中历历可见。两片树叶相对而飞，一片往下，另一片则向上。这两片树叶在水面上合二为一，微动着的水流将这片树叶带进晨雾中去了。可以捡起一片这种黑杨树的叶子仔细看看，就会发现秋天时叶柄处长出了薄薄的一层木栓，正是这层木栓才使得叶子从树枝上脱落了下来。可以看到秋天的全部色彩，从而得知所有的乔木和灌木所变的颜色都各不相同。

桦树的落叶是柠檬黄色的，山杨的落叶呈红色带有黑色亮斑或呈淡紫色而带有金黄色的斑点，柳树的落叶则黄中带绿，橡树的叶子是棕褐色的，葎草叶呈草席色，花楸叶则是玫瑰红色，酸模草在干草丛中像火舌般红艳艳的。

有什么能比色彩斑斓的秋叶和它在水中的倒影更好看呢?!倒影显得有点模糊，好像是透过蒙着一层雾气的玻璃所看到的那样。

我们衣服上挂满了鬼针草的种子、车叶草带刺的种球和牛蒡的刺头。您细细端详着这些种子，就不由地会感到惊讶，原来自然界为了传宗接代竟能产生如此不同凡响的巧妙而又简单的刺附方式。

渐渐地您就会了解到花草树木的纷繁多彩。您不会不仔细地去观察它们，因为它们时刻都会像墙一样紧紧地围绕在您的四周，会碰到您的脸，告知您它们的存在，有时它们会用好闻的气味和奇特的形状提醒您，有时则施展种种诡计，比如悬钩子就喜欢钩住人的脚久久不放，再比如兵草，它的叶子像剃刀那样锋利。

苇莺会落在您的钓竿上，头朝下地窥视着河里的水黾。灰色的水鼠在您的眼前嗑断芦苇，叼着它游过河去。芦苇的茎秆里充满了空气，可供水鼠在水里呼吸。在周围茂密的树丛中，老麻雀整天都在拼命地吱吱叫着教给小麻雀复杂的技艺，教它们如何飞，如何捉虫子。白尾海鹰石子儿般扑向水里捉起欧鲌。在头顶上空您会看到鸟儿的争斗，看到排成人字形的鹤群以其抑扬婉转的鸣声打破秋空的静谧。或许您也会像我一样幸运，看到白鹤们用翅膀驮着受伤的同伴在天空飞。

您将学会在白天靠看太阳确定时间，夜晚凭的则是鸡鸣、

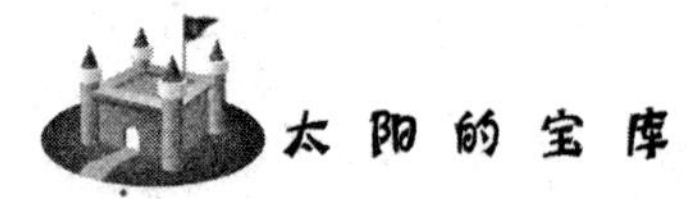

星星的出没和星座的位置。

星空的运转将变得像一幅熟悉的地图那样为您所理解。秋天，您会在深夜醒来，走出帐篷，当闪烁着的天狼星在昏暗大地的尽头发出绿光时，您将燃起篝火。这表明眼看就到凌晨5点钟了。

您会了解很多征兆。篝火的烟，众星的闪烁，云彩的形态，冰凉的露水，落日余晖的颜色，鸟儿的飞翔，远方明亮的程度，夜里的冷暖——这一切都会告知您天气的变化。

您将学会区分鸟儿的鸣叫声，学会听着水的噼啪声就能知道戏水的是什么鱼。您的听觉将会很灵敏，夜间离得很远就能够听出风雨在逼近的沙沙声。由于跟大自然的交往，还不止是听觉，您的一切感觉都会变得非常灵敏。

最后，您还会从经常置身于大自然从事劳动的人们那里听到许多美妙的故事。讲故事的人有您遇到的船夫、渡手、浮标手、守林人、编筐工匠、渔夫、牧人和猎人。听着他们讲的故事，您接触到的是俄语的丰富源泉。

垂钓能够给予您所有这一切。这样一来，对于那些说什么钓鱼人呆然不动，什么垂钓没趣儿，对这种庸人之见，您只需一笑置之，您会觉得他们可怜，注定得不到所有这些知识。

当您拥有了真正的知识财富、充满了诗意时，您就会有充分的理由感到他们是一些不幸的可怜人。

我几乎没有提到钓鱼本身。关于钓鱼可以写成许多本书：写有关鱼儿习性的，关于钓竿、鱼漂、吞饵和起竿的，写钓鱼遇到的各种趣事，写垂钓者的性格、爱好，写那些带渔钩的金属片，写冬季的垂钓和鱼饵，等等。

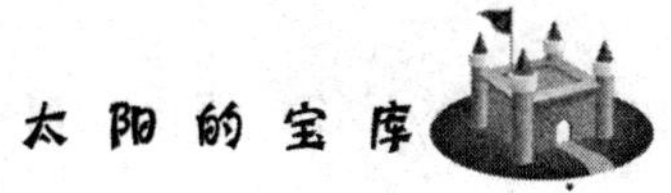

然而，上面提到的那些都不是我要做的。那些东西您会凭自己的亲身体验或读读写得不错的钓鱼指南而了解到。即便很简单的概括，但我想对您讲的是那些我们许多人尚不了解的每个垂钓者周围的大自然的奇妙之处。

无怪乎有那么多著名的大人物，特别是一些作家，醉心于垂钓了。他们在这里得到的不只是休息，还获得了许多其他东西。喜欢垂钓的有契诃夫、屠格涅夫、阿克萨科夫、莫泊桑、马克·吐温，还有其他许多人。

请垂钓吧，请加入“垂钓者大家族”吧！正如垂钓爱好者盖达尔所笑谈的那样，您会立即感到您的身体得到了锻炼，变得更结实了。您将沐浴在俄罗斯大自然和俄罗斯生活明快的诗情画意之中。

（1952 年）

太阳的宝库

米·普里什文　著

何茂正　冯华英　译

一

佩列斯拉夫利一扎列斯基市的近郊，有一片波鲁德沼泽地，那附近有一个村庄。村子里有两个孤儿，他们的母亲因病去世了，父亲在卫国战争中牺牲了。

我们就和这两个孩子住在同一个村庄，两家只隔一间房子。不用说，我们和其他邻居一样尽我们所能帮助他们。他们长得很可爱。娜斯佳就像一只翘首玉立的长腿小金鸡。她的头发既不太暗，也不太亮，泛着金光。她脸上的雀斑像一粒粒金币，又大又特别：它们挨在一起，几乎遍布脸上的各个角落。只有那个小小的鼻子很白净，而且还朝天翘着。

米特拉沙比姐姐小两岁——他只有十岁多一点。他个头矮小，但是却敦敦实实的，大额头，宽后脑勺。他性格倔强，

固执。

学校里的老师暗地里戏称他为“小男子汉”。

这个“五短身材的小男子汉”和姐姐娜斯佳一样，也满脸长着金色的小雀斑，小鼻子也白白净净，而且也是朝天翘着。

父母去世后，这家农民的全部财产全归这两个孩子了：那是用一道主墙隔成的两间小木屋，母牛卓里卡，小牛多奇卡，山羊杰列扎。还有几头没有名字的绵羊，几只小母鸡，金色的公鸡彼佳和小猪崽赫连。

与这些财富一起落在可怜的孩子们身上的就是看管所有家畜的众多杂务。但是，在卫国战争的艰难年代，我们的孩子们竟然把这些艰难的事情处理得有条不紊。最初，就像上述的情况那样，有远方亲戚和我们这些邻居来帮助他们。但是，不久这两个聪明的、相处得和和睦睦的孩子就学会了所有家务事，日子过得美满起来。

这两个孩子可真是聪明！他们尽可能多地参加集体活动：在集体农庄的田野里，在草场上，在农家的檐子里，在集会上，或者在挖掘反坦克的壕沟里，到处都能够看到他们那小巧的朝天翘鼻子——那充满激情的小鼻子！

尽管我们是外来户，但是我们熟悉村子里的每一户村民的生活。现在我们可以说，村子里的人们本来就生活和工作得极为和谐，可现在赶不上这两个可爱的孩子了。

娜斯佳就像他们那去世的母亲一样，总是在太阳远远没有升起的黎明时分，听到牧人一吹号子就起床了。她手里拿着一根细树条，把家里那些可爱的畜群赶出去，然后又立刻回到家里。她不再躺下睡觉了，而是把炉子生上火，削好土豆，准备

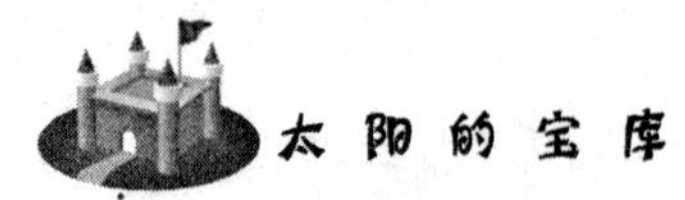

午饭，就这样忙忙碌碌，直到深夜。

米特拉沙从父亲那里学会了做木器制品：大木桶、水桶和洗涮用的大圆木盆。他有一个大刨子和一个拉吉镙①，它比两个米特拉沙还要长。他用拉吉镙把一块木板刨得适合另一块木板，然后再用铁箍或木箍把木板接上，箍成木桶。

两个孩子靠着家中的那头奶牛，不愁吃不愁喝，他们不必依赖在集市上出卖木制器具来过日子。但是，村子里好心的人们纷纷前来讨要木器：有人要一只桶来洗涮东西；有人要一只圆桶来盛酒；还有的要一只木桶来腌胡瓜或蘑菇；甚至还有人要一只安上齿轮的普通木桶来种花。

孩子投之以桃——都一一给做好了，人们也报之以李——给他送来了报酬。除了箍桶以外，米特拉沙还要承担家里的男人活计和村里的公益劳动。他参加各种会议，努力去了解村子里大家关心的事情，看来他多少也明白一些。

好在娜斯佳比她弟弟大两岁。否则米特拉沙可就要自以为了不起了，而姐弟俩也就不会像现在一样平等相待、友爱相处了。有时候，米特拉沙想起他父亲从前曾对母亲发号施令，就想照样去教训他的姐姐娜斯佳。但是，姐姐似乎并不听他的，只是站在一边微笑……这时，“小男子汉”就开始神气活现地发起火来，并总是翘着鼻子说：“你怎么能这样！”

“你干吗神气活现呀？”姐姐反驳道。

“你怎么能这样！”生气的弟弟说，“娜斯佳，你才神气活现呢。”

---

① 拉吉镙指箍桶用的一种工具。

“不，是你！”

“你怎么能这样！”

娜斯佳看到她把执拗的弟弟惹恼了，就抚摸他的后脑勺。当姐姐的小手一碰到那宽阔的后脑勺时，父亲的那种暴躁脾气就立即从他身上烟消云散了。

“我们一道去除草吧！”姐姐这样说。

于是，弟弟也开始给黄瓜苗除草；或给甜菜地松土；或给土豆秧培土。

二

酸红莓果对人的健康很有好处，它们夏天生长在沼泽地，到晚秋时候就可以采摘。但是人们并不都知道，整个冬天直到开春都埋在雪底的那种红莓果是最好最甜的。

这一年的春天，茂密的云杉林中的雪一直到 4 月底才融化。沼泽地里的气候却要暖和得多，这里 4 月底已经不见雪的踪影了。了解这一情况后，米特拉沙和娜斯佳就打算去采红莓果了。天还没有亮，娜斯佳就喂好了所有家畜。米特拉沙带上了父亲用过的双筒猎枪“土尔卡”，还有作诱饵用的、喂花尾榛鸡的碎麦米，最后，他没有忘记带上罗盘针。他们的父亲过去也这样，从来不会忘记带上罗盘针。米特拉沙不止一次问过父亲：

“你一生都在森林里游荡，熟悉整个森林就像熟悉你自己的手掌，你为什么还要带着这只罗盘针呢？”

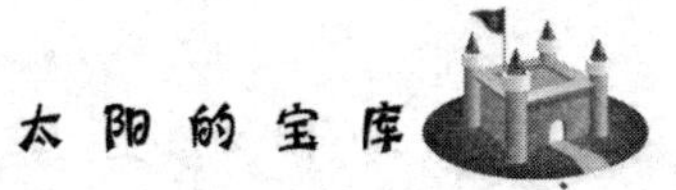

“你知道，米特拉沙，”父亲回答他说，“在森林里面，这个罗盘针对你来说就像一位慈母：遇到乌云满天的气候，你不能够靠太阳确认方向了，你胡闯乱走，就会弄错方向，会迷路，会挨饿。可是，只要你看一下罗盘针，它就会把家的方位指给你看，按照指针的方向径直回到家，家里人便拿东西让你吃个饱了。这个罗盘针对你来说比任何朋友还要忠实：某个朋友可能会背叛你，但是罗盘针却忠心耿耿，无论你怎样转来转去，它总是直指北方。”

米特拉沙看了看这个奇妙的东西后，把它合上了，免得它一路上白白地摆动。他学着父亲的样子，紧紧地裹上绑腿，穿上长筒靴，再戴上一顶旧得连帽檐都折成了两层的帽子：上面有皮子的一层冲着天上高高地翘起，下面那一层差不多耷拉到了他的鼻子上。他还穿上父亲的旧上衣，这件上衣原本是用很好的、自己织的料子缝制的，现在却破得像一根根布条。这孩子用一根宽带子从腰上一束，把这些破布条连接起来了。父亲的上衣穿在这孩子身上，就像一件大衣似的直拖到地上。这猎人的儿子还在腰带里插了一把斧头，把装着罗盘的口袋搭在右肩上，双筒猎枪“土尔卡”则扛在左肩上，就这样，他把自己装扮得使所有的飞禽走兽害怕的样子。娜斯佳也在准备动身，她在背上垫一条毛巾，挎起一只大篮子。

“你干吗带毛巾？”米特拉沙问道。

“你怎么啦，”娜斯佳回答道，“难道你忘了妈妈是怎样去采蘑菇的吗？”

“对了，采蘑菇！还是你懂得多！篮子里蘑菇多了，会勒肩膀的。”

“也许我们采的红莓果比蘑菇还要多呢。”

米特拉沙刚要像往常一样脱口说出“你怎么啦!”时，他忽然想起他父亲出去打仗之前说的关于红莓果的话。

米特拉沙对姐姐说：“你还记得爸爸告诉我们关于红莓果的话吗，他说森林里有一个好地方。”

“我记得，”姐姐回答道，“关于红莓果的事情，他说，他知道一个地方，那里红莓果遍地都是。可是，这么好的一个地方究竟在哪里，我还不知道。我记得，他还提到过有一个叫‘黑色的叶浪①’的地方。”

“对，那个好地方就在‘叶浪’附近。”米特拉沙说道：“爸爸说，你先向着‘高岭’走，然后转向北方，穿过‘响松林’，再继续照着北方继续往前走，就看见了。那里就是那个‘好地方’，那里的每一颗红莓果都红得像血一样。还从来没有一个人到过那个‘好地方’呢。”

米特拉沙讲着这些话的时候，已经走到了门口。娜斯佳这时候想起一件事情：昨天她煮熟的一锅土豆压根儿还没有吃呢。她放下“好地方”的事情，蹑手蹑脚地回到炉膛边，把煮熟的一锅土豆全部都倒进篮子里。

“说不定我们会迷路呢，”她想，“我们带了足够的面包，又有一瓶牛奶，可能，这些土豆也会用得着的。”

弟弟以为姐姐一直在他后面站着，继续往下讲着那个奇妙的“好地方”，以及那个“叶浪”，一个许多人和许多牛马遇难的地方。

---

① 叶浪，意思是易于塌陷的沼泽地地方，就像冰上的窟窿一样危险。

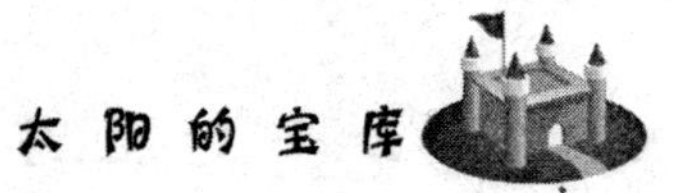

“那么，我们怎样才能到达这个‘好地方’呢?”娜斯佳问。

“这么说，你从来都没有听人说起过?!”他抢着问了一句。

于是，他一边开路，一边不慌不忙地把从父亲那里听来的有关无人知晓的、又长满甜红莓果的“好地方”讲给姐姐听。

三

那个使我们不止一次迷路的勃鲁多夫沼泽地，也像其他大沼泽地一样，是从一些难以穿越的柳树、赤杨树和其他各种树丛开始的。第一个穿越这个大沼泽地的人，拿起利斧，给后来的人们砍出了一条路来。在后来人们的脚下，泥土下陷，小路被践踏出一条沟渠，水沿着它流淌着。两个孩子在黎明前的黑暗中，没有费太多的气力，就走过了这个沼泽地的外围矮树丛。当树丛不再挡住孩子们面前的景色时，他们看见了勃鲁多夫沼泽地，在黎明的第一抹曙光里伸展开去，就像一面大海一样，无边无际。勃鲁多夫沼泽曾经是古时候的一个大海的海底。就像大海里有岛屿，沙漠里有绿洲一样，沼泽地里有小丘。在我们的勃鲁多夫沼泽地里，这些小沙丘上长满了高高的针叶林，因此，人们称之为针叶林丘。两个孩子走过了一段沼泽地，爬上了第一处有名的“高岭”针叶林丘。在清晨的灰色朦胧中，隐隐约约看得见“喧闹的针叶林”了。

他们还没有到达“喧闹的针叶林”，已经在小路旁边看见一些血一样红的果子了。这两个采红莓果的孩子把它放进嘴里

吃起来。你要是从没有尝过秋天的红莓果，一尝到春天的红莓果，一定会觉得酸得要命。但是姐弟俩都熟悉秋天红莓果的酸劲儿了，所以，当他们现在尝春天的红莓果时，一同发出阵阵赞叹：

“真甜啊！”

“喧闹的针叶林”很乐意地向孩子们展开了一条宽阔的路，4 月里墨绿色的覆盆子草遍布道路。这些绿草还是去年的旧草，但是其中已经能够看到新开的春天花儿——精致的白色雪球花和紫罗兰色芳香小狼尾巴花。

“它们真香啊，”米特拉沙说道，“你能摘下一朵狼尾巴花来看看吗？”

娜斯佳想折断花茎，但无论如何都折不断。

“它们为什么叫做‘狼’尾巴花呢？”她问。

“爸爸说狼用它们来编篓子呢。”弟弟回答道，说完，他笑了起来。

“难道这儿还有狼吗？”

“当然有！爸爸说，这里有一条叫灰财主的恶狼。”

“我想起来啦，就是在战前咬死我们家羊群的那只狼。”

“是的，爸爸说，灰财主穴居在干河上的枯叶丛中。”

“那么他会不会来咬我们俩呢？”

“它敢！”这戴着双檐帽的小猎人说道。

孩子们说着话，天越来越亮了，“喧闹的针叶林”里充满了鸟儿的歌声、野兽们的吼叫声和哼哼声。野兽倒不是都在“喧闹的针叶林”里，但是从阴暗潮湿的沼泽地里发出的所有声音都集中到这儿来，干谷地里的丛林和松树对所有的声音都

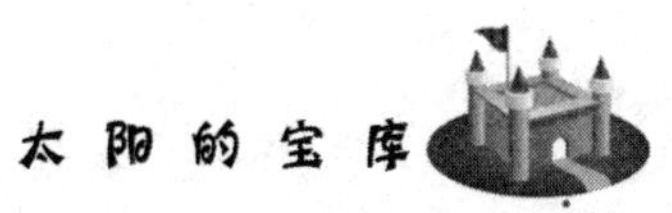

发出回应。

可怜的飞禽走兽们，它们似乎在竭力用它们那美妙的声音向万事万物袒露它们的共同心声！甚至这两个纯朴的孩子都看出了它们的苦心。它们确实是要说出它们美妙的话儿。

树枝上一只鸟儿正在唱歌，它满身的羽毛都随着它的每一声用力的歌唱而颤动。但是，无论它怎样卖力，却没有办法说出像我们人说的那种话。于是它们就只好以歌唱、叫喊和啄击来代替说话。

“泰克，泰克！”隐约地听得见一只大松鸡在黑暗的森林里啄击树干发出的声音。

“西瓦克，西瓦克！”这是一只公野鸭在小河上空飞过时的叫声。

“嘎嘎，嘎嘎！”这是湖上的母野鸭回答的声音。

“咕，咕，咕！”白桦树上的红知更鸟呼应的声音。

而灰色的小山鹬有一张像发卡一样的扁平长嘴，它也像山羊似的叫着在空中疾飞。鹬鸟在叫着：“活呀，活呀！”鹌鹑在一边啾啾地嘟囔着，白山鹑像女妖一样咯咯地笑着。

我们的小猎人早就能够分辨这些鸟语，他们听到这些声音，感到很快乐，他们明白飞禽走兽们无论如何卖力都说不出话来。因此，早春黎明时分，他们一走进森林，就像同人打招呼一样，对着群鸟问“早安”起来。

鸟儿很高兴，似乎是听懂了从人们嘴里飞出来的奇怪的话。

于是，作为回答，它们又发出上述的那些声音：啾啾——啾啾，西瓦克——内瓦克，泰克——泰克，它们使尽全力，用各种声音来问候我们的小猎人：

“你们好！你们好！你们好！”

但是，在这众多的声音中，突然出现一种与其他声音迥然不同的怪音。

“你听见那个声音吗？”米特拉沙问道。

“怎么没听见！我早就听见那个声音了，它有点可怕。”娜斯佳答道。

“没什么可怕的，爸爸告诉过我野兔在春天里就是那么叫的。”

“为什么它要那么叫呢？”

“爸爸说，野兔先生是在叫：‘您好，野兔太太！’”

“那这是什么在‘咳呀，咳呀’呢？”

“爸爸说，那是大麻鳽。”

“它为什么要这样叫呢？”

“爸爸说过，它也有一个女朋友，它就像人们一样，以自己的方式对女朋友说：‘你好，麻鳽小姐！’”

突然间，空气清新起来，大地充满了生机，而且好像刚刚被洗刷过一样，天空更明亮了；树木上的树皮和嫩芽发出一股清新的气味。就在这时候，爆发出一个喜气洋洋的声音，它盖过了别的声音，飞传开来，就像快乐中的人们在齐声欢呼：

“胜利喽，胜利喽！”

“那是什么声音呀？”听到这个声音后高兴起来的娜斯佳问道。

“爸爸说，这是仙鹤们在迎接日出。这就是说，太阳马上就要升起来了。”

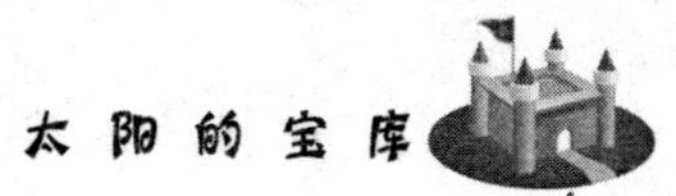

但是这两个采红莓果的孩子到达大沼泽地的时候，太阳还没有出来。在这里，仙鹤们欢迎日出的隆重典礼还没有开始。夜幕还朦朦胧胧地笼罩着弯弯曲曲的小松树和小白桦树树林，“喧闹的针叶林”里的所有奇妙声响都消失殆尽了。只留下一种难听的、沉闷的和令人不快的嗥叫声。

娜斯佳冷得蜷缩着，问弟弟：

“米特拉沙，这是什么东西在远处嗥叫，这么可怕?”

“爸爸说过，干河上的其他狼都被打死了，唯有灰财主狼没法打死。”

“可是它现在为什么要这样可怕地嗥叫呢?”

“爸爸说过，春天狼叫是因为可吃的东西太少。而灰财主狼又只剩下独自一个守在穴里，所以它就要嗥叫。”

沼泽地里的湿气穿透两个少年闯入者的肌肤，直往骨子里钻，几乎把他们冻坏了。他们不想再继续深入潮湿的、泥泞的沼泽地了。

“我们往哪儿走好呢?”娜斯佳问道。

“米特拉沙拿出罗盘，认出了北方。他指着通向北方的一条更为难辨的小路，对姐姐说：

“我们就沿着那条小路向北走。”他说。

“不，”娜斯佳回答道，“我们还是沿着大家都走的那条大路走吧。你可记得爸爸说过的那个叫‘黑叶浪’的可怕的地方？许多人和牲口都在那儿不见了。不，米特拉沙，我们还是不要往那条路方向去。大家都往这边走，这就意味着，这边肯定有红莓果。”

“你懂得可是太多了!”米特拉沙打断她的话，“我们得向

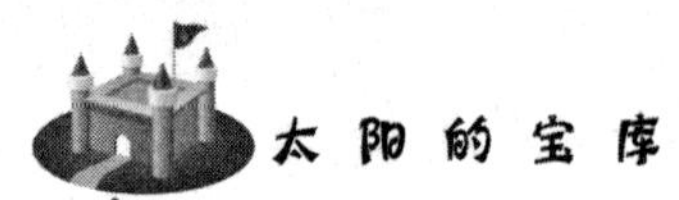

北方走，正如爸爸说的，没有人去过的地方，就是‘好地方’。”

娜斯佳看出弟弟要生气了，突然笑起来，抚摩了一下他的后脑勺。米特拉沙马上平静下来，友好的姐弟俩便沿着罗盘针所指的方向走去，只是他们俩不再像以前那样并排走了，而是一前一后，姐姐跟在弟弟后面走。

四

200 年前，播种者——风把一粒松树种子和一粒枞树种子吹到勃鲁多夫沼泽地来，这两粒种子埋在了一块平滑的大石头旁边的小坑里……从那时起约莫 200 年里，这两粒种子发了芽，长出一棵松树和一棵枞树，它们一同生长。它们的根从小纠缠在一起，它们的树干相互较着劲儿，并排向着太阳生长。这两棵不同品种的树用它们的根竞相吸取营养，枝叶相互争夺着空气和阳光，竭尽全力要超过对方。随着这两棵树的树干不断长高和变粗，它们干燥的枝叶不断地吸收着水分，滋润着树干，两棵树的一些树枝互相交叉，互相渗透。恶狠狠的风，故意用不幸来折磨这两棵树，常常刮起的大风，摇晃着这两棵树。这时候，树就像活生生的人一样呻吟着，对着整个勃鲁多夫沼泽地哀号着。小狐狸听见了，在满是青苔的草墩子上缩成一团，把尖尖的嘴巴对上翘着，满腹狐疑。这松树和枞树的呻吟声跟人类的声音非常相像，所以，一只在勃鲁多夫沼泽地变野的狗听到这一声音后，不由得因为无人为伴而哀号起来，而

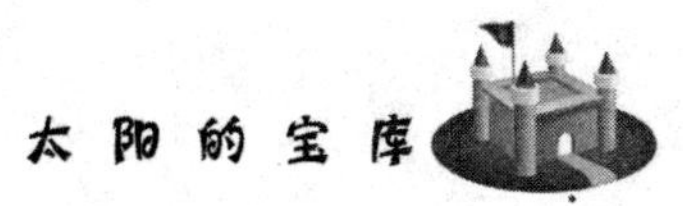

狼则因对人类满怀敌意而吼叫。

当孩子们来到一块横卧岩跟前的时候，一道霞光才露出地平线，洒在沼泽地上低矮弯曲的小松树和白桦树上，照亮了“喧闹的针叶林”，松林里粗壮的树干被照得亮晶晶的，就像是大自然神殿里燃烧的蜡烛。孩子们在这块平滑的大石头旁边休息，四周隐约传来鸟儿歌唱太阳升起的祝歌。

大自然里万籁俱寂，两个冻透了的孩子也非常安静。因此一只名叫科沙奇的鹌鹑根本没有注意到他们的存在。它呆在松树和枫树交叉的枝叶顶部，交叉的树枝就像搭起的一座小桥。这“小桥”对于科沙奇来说已经是很宽敞的了，它在靠近松树一侧的“小桥”上落下脚来。在冉冉升起的太阳光下，它像一朵盛开的花朵。而它头上的鸟冠像一朵火红的花在熊熊燃烧。它那阴影深处的蓝色胸毛，开始变成绿色。尤为美不胜收的图景，是它把那如彩虹般的尾巴展开的时候。当它看见悬挂在沼泽地里矮小的松树上空的太阳后，就突然在它落脚的那座高高的小桥上跳跃起来，露出它尾巴和翅膀底下的极其洁白的羽毛，并且叫道：

“啾啾！嘘！”

在鹌鹑的语言里，“啾啾”，肯定就是“太阳”的意思，而“嘘”，大概就是我们所说的“你好”。

呼应着发情的鹌鹑科沙奇最初的“啾啾”声，整个沼泽地里立刻响起一片同样的“啾啾”声和拍打翅膀的声音；不久，数十只长得与科沙奇一模一样的鸟儿，从沼泽地里的四面八方飞来，落在横卧岩附近。

孩子们坐在那块冰冷的岩石上，凝神屏息地等着太阳光照

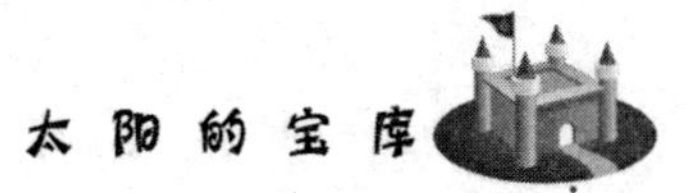

耀他们，希望能够稍稍暖和一点。终于，第一道阳光穿过附近低矮的枞树树顶，落到了孩子们的双颊上。这时候，那只正在树梢上迎接太阳的科沙奇鹌鹑，停止了“啾啾”的叫声和跳跃。它在树顶的“小桥”上伏下身子，把自己的长脖子从树枝间伸出去，唱起歌来，歌声就像是溪水似的窃窃低语。蹲伏在树下面附近的数十只雄鸟，也都伸出脖子，哼唱着同样的歌，回应着科沙奇的歌声。这时，它们的歌声汇集成一束浑厚低沉的声响溪流，穿越在隐隐约约的沙石之间。

有多少次，我们猎人为了度过黎明前的黑暗，在寒冷的晨曦中颤抖地听着歌声，竭心尽力地按照自己的方式来理解雄鹌鹑的歌声，我们似乎听到它们唱的是：

你的羽毛别太硬，
呜—— 呱——呱。
你的羽毛别太硬，
看我如何拔了它！

就这样，一群黑琴鸡音调和谐地吟唱着，那架势就像真要打架似的。当他们这样低吟着的时候，在浓密的枞树树冠深处发生了一件小事。一只乌鸦待在自己的巢里，科沙奇挨近它的窝，向它发出求偶的讯号，这只乌鸦避而不见。乌鸦本想出来赶走沙科奇，但是又担心离开鸟巢后，巢里的鸟蛋会被早晨的寒霜冻坏。守护鸟巢的雄乌鸦正在巢外盘旋看守，大概感到有什么可疑情况，便落了下来。盼望着雄乌鸦归来的雌乌鸦躺进巢里，心静如水地低伏在那里。她忽然看见了飞回来的雄乌鸦，便大喊起来：

"啊啦！"

雌鸟的意思是："救救命呀！"

"啊啦！"雄乌鸦就向巢里的配偶回答了一声，意思是，现在还不知道谁要拔谁的稠密的羽毛。

但它立刻就明白是怎么一回事了：挨着枞树的"小桥"那一边，科沙奇正唱着求偶歌，于是雄鸦落下来，停息在靠近松树一边的"小桥"上，静静伺候着。

这时科沙奇根本就不在乎雄鸦的存在，高声地吟唱着凡是猎人都听得懂的歌：

"卡——卡——开克司！"

这是向所有求偶的雄鸟情敌发出的挑战信号。立时就见它那硬挺的羽毛向四面扬起！那只雄乌鸦似乎接到了这个信号，它顺着"小桥"，踩着碎步，不知不觉间已经逼近了科沙奇。

两个来采集甜红莓果的小猎人像两座雕像一样，一动不动地坐在那块岩石上。清亮而温暖的太阳，从沼泽地上的枞树上面直对着他们照下来。就在这时候，天空里出现了一朵云彩，它就像泛着蓝光的、寒气逼人的箭，把刚刚升起的太阳劈成两半；同时，忽然又刮起了一阵风，这时松树垂头丧气，而枞树则哇哇大哭起来。

米特拉沙和娜斯佳在岩石上歇了一会儿，身子在阳光下晒暖和了，于是起身继续上路。岩石旁边，一条沼泽地里的相当宽的大路一分为二：向右的一条是结实好走的小路；另一条是泥泞的小路，笔直通向前方。

米特拉沙用罗盘辨认了一下两条小道的方向，然后指着那

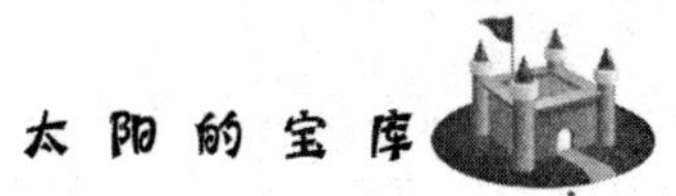

条泥泞的道路说：

“我们应当沿着这条朝北的小路走。”

“这不像一条路！”娜斯佳回答道。

“你怎么啦！”米特拉沙生气起来。“路是人走出来的。我们应该往北走。走吧，别多说了。”

娜斯佳不愿意顺从弟弟米特拉沙。

“啊啦！”巢里的乌鸦呼唤了一声。

她的配偶立即急急忙忙地向在小桥中间的科沙奇跑过去。

太阳又一次被尖利的蓝剑劈开，阴霾自上而下笼罩着大地。

“金色小母鸡”攒足气力，准备劝说自己这位小朋友弟弟改变主意。

“你看，”她说，“我说的那条路多么结实，大家都走那条路，难道我们会比其他的人都聪明些?”

“别人愿意的话，就让他们通通走那条路吧，”固执的“小男子汉”说，“爸爸教过我们，一定要照着罗盘针所指的方向朝北走，才能到达那个‘好地方’。”

可是爸爸给我们讲的是些神话，他是说给我们逗乐的，”娜斯佳说，“大概北边根本没有一个什么‘好地方’。而按照那个罗盘针走，就更傻了，去的不是那个‘好地方’，我们反而恰恰会错走到‘黑叶浪’那里去。”

“哎，行啦，”米特拉沙猛地转过身子。“我不再和你争辩了。你就沿着所有的女人采红莓果的那条路走吧，而我却要沿着我自己的路向北走。

他真的就朝那个方向走过去了。既没有想到装红莓果的篮

子，也没有想到干粮。

这些情况，娜斯佳本应该提醒他一下，可是她自己也气得满脸红得像一块大红布。她向他走的方向吐了一口唾沫，就沿着大家都走的那条路去寻找红莓果了。

“啊啦！”乌鸦叫喊起来。

那只雄乌鸦飞快地跨过那座小桥上的最后一段路，来到了科沙奇跟前，并使尽力气猛啄了它一下。科沙奇好像被烫了一下一样，向一群正在飞翔的黑琴鸡那边飞去，可是那只怒冲冲的雄乌鸦追逐着科沙奇，把它身上一束束白色的和彩色的羽毛啄得漫天飞舞，并穷追不舍，追到很远的地方去了。

这时，灰蒙蒙的烟雾密密层层地笼罩着天空，把富有生气的阳光给遮了个严严实实。一阵狂风猛烈地刮过来。盘根错节的那两棵树，它们的树枝被大风刮得相互渗透，痛得直对着整个勃鲁多夫沼泽地痛哭、呼喊、呻吟。

五

安蒂贝奇的更房附近有一个半塌陷的土豆窖，两棵树的呻吟声如此悲哀，引得土豆窖里的猎犬爬了出来，它也学着两棵树的调子，悲哀地号叫起来。

为什么这条猎犬要一大早就从它躺着的温暖的窖里爬出来，并跟着悲哀的树木一道哀叫呢？

在这样的早晨，在树木的呻吟、哀叹、痛哭和号叫声里，听起来有时候好像有一个在森林里迷了路或是丢失了的小孩在

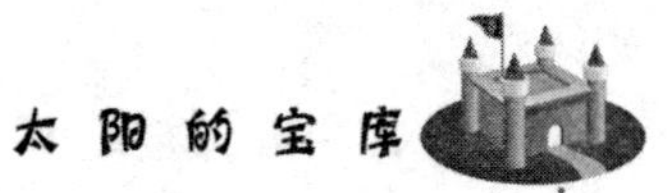

悲苦地哭泣。

特拉夫卡就是不忍心听到这种哭泣声，一听到这种声音，哪怕是夜里或半夜，它也要从地窖里爬出来。这两棵总是交织在一起的树的哭泣，活生生地使它忆起了它自己的不幸遭遇。

它有生以来最大的不幸发生在两年前：它敬若神明的老护林人——老猎人安蒂贝奇死了。

多少年来，我们一直到安蒂贝奇这儿来打猎，这个老头儿似乎都不记得自己到底有多大年纪了，他活着，住在他那树林中的更房里，好像永远都不会死去似的。

“安蒂贝奇，您多大年纪了？”我们问他，“80岁？”

“不止了。”

“100岁？’，

“还不到。”

我们以为他在开玩笑，而他自己是清楚自己的年纪的，于是我们反复问他：

“哎，安蒂贝奇，别开玩笑了，请您照实说吧，您到底多大年纪了？”

“照实说，”老头儿回答，“我会说的，只是你们要先告诉我什么是真实，它是什么样子，它在哪儿，怎样才能找到它？”

这个问题对我们来说可就难回答了。

“安蒂贝奇，”我们说，“您比我们年纪大，您大概比我们更清楚地知道什么是真实。”

“是的，我知道。”安蒂贝奇笑了。

“那么就说吧。”

“不，在我活着时不能说，你们一定要自己去寻找它。但

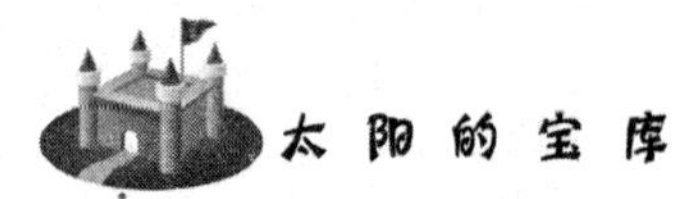

是当我要死的时候，你们到我这儿来，我会对着你们的耳朵悄悄地告诉你们全部真实情况。”

“好吧，我们一定会来。但是我们无法推测应当在什么时候来，您会不会在我们还没有来的时候，就死了呢？

老头儿眯起眼睛：当他想嘲笑别人或开别人玩笑的时候，他常常这样眯起眼睛来。

“你们不是小孩子啦，”他说。“本该自己知道了。咳，好吧，假如我要死了，而你们又不在，那我会悄悄地告诉我的狗特拉夫卡的。”

“特拉夫卡！”他喊道。

这时一条棕红色的、背上有一细长条黑斑纹的大猎狗，跑进木屋子来。在它的眼睛下面有弧形的黑圈，就像带了眼镜似的。它的眼睛因此显得非常大，现在，它就用这两只大眼睛问它的主人道：

“主人，您干吗唤我来？

安蒂贝奇有点异样地看着它，而它立即就懂得了主人的意思：他呼唤它只是表示友好，表示友情，没有别的意思，不过开玩笑和闹着玩儿而已。特拉夫卡摇着尾巴，开始两腿趴下，越趴越低，当它爬到了主人的膝前时，就仰面躺下，把它那光亮的腹部和六对黑奶头露在上面。安蒂贝奇刚要伸出手去抚摸一下，它就突然跃起，把它的爪子搭在主人的肩头上，吧嗒吧嗒地亲起主人来：亲他的鼻子、面庞，直至嘴唇。

“好了，下回再来吧，下回再来吧。”他说着，一面安慰着狗，一面用袖子擦着自己的脸。

然后，他抚摩了一下狗的头，说道：

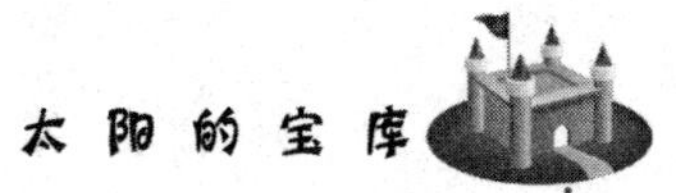

“好，下回再来吧。现在回到你的窝里去吧!”

特拉夫卡转过身，走到外面去了。

“对啦，孩子们，”他对我们说道，“这就是特拉夫卡，它是一条猎狗。它只要听到一句话，就会懂得一切。可是你们却有点笨，老是问，真实在哪里。好啦，以后到我这儿来吧，如果你们来不及见到我，我会把一切都悄悄地告诉特拉夫卡。”

安蒂贝奇死了。不久就开始了伟大的卫国战争。再也没有派一个护林人来代替他。他的那间木屋也废弃了。这间小屋已经很破旧了，比安蒂贝奇还要老，本来已经是靠支架撑着才得以保存下来的。主人死后，一场大风就把它吹得整个散了架子，就像纸牌搭成的房子，只要小孩子吹口气就会倒塌一样。仅一年，高高的柳兰草就在所有的梁柱之间泛滥起来，整个木屋变成了林间空地上的一个小丘，上面长满了红花。而特拉夫卡搬迁到土豆窖里去住了，像所有野兽们一样，开始在森林里面生活起来。只是要习惯野蛮的生活方式，对特拉夫卡来说一时还很困难。以前，它为伟大的和亲爱的主人安蒂贝奇追赶野兽，而不是为了自己。它曾经多次捕捉到野兔，这时它总要伏在那只野兔身上，等候安蒂贝奇的到来，常常是自己饿得饥肠辘辘，也从不允许自己把野兔吃掉。甚至如果安蒂贝奇有事没来，它会用牙齿把野兔咬着，高昂着头，使野兔不致在地上摩擦，最后把它带回家去。特拉夫卡就这样为安蒂贝奇工作，而不是为自己工作。主人爱它，喂养它，并且保护它不受狼群的侵害。现在安蒂贝奇死了，它现在得像森林里其他野兽一样为自己活着。它常常忘记，它那么起劲追赶野兔，只是为了捉住后，自己可以吃它。在这种追猎中，特拉夫卡甚至遗忘到这种

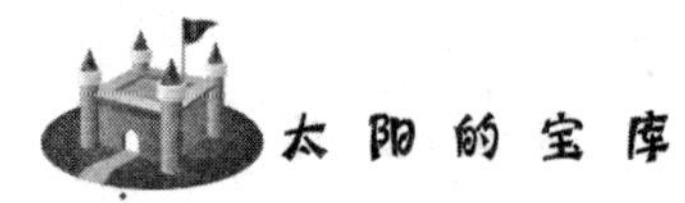

程度：它凡是抓到一只野兔，总要给安蒂贝奇带回去，这时，它常常会听到树木的呻吟，爬到曾经是木屋的小丘上，号哭起来……

那条名叫灰财主的狼，对这个号哭声已经注意了很久。

六

安蒂贝奇值更的木屋靠近干河。几年前，根据当地农民的要求，我们一队打狼的猎人来到干河边。当地的猎人告诉我们：在干河的某个地方有一个大狼窝。我们是来帮助农民的，我们便按照狩猎凶猛野兽的一切规则着手工作。

夜里，我们潜入勃鲁多夫沼泽地，装着狼的声音嗥叫，唤起了栖息在干河上的狼群的回响。就这样，我们准确地弄清楚了狼群所住的地方和狼的数量。狼群住在干河上最难以到达的草木充塞之处。很久以来，这条河一直在为扩展水道，跟树木斗来斗去，而树木却要挤占河岸。河水胜利了，一些树木倒下了，后来河水泛滥到沼泽地里。倒下的树木一层层地堆在那里，在河底腐烂。河草从树木中窜出，常春藤的蔓藤缠绕着一些小山杨树。就这样，形成了一个严严实实的封闭地方，按照我们猎人的说法，甚至可以称之为“狼的堡垒”。

在确认了狼的住处之后，我们踏着雪橇绕着这个地方滑了一圈。沿着滑雪道，我们约绕了 3000 米的圈子，在每一丛矮树上，用绳子拴上了一面有气味的红布旗子。旗子上的红颜色和那种气味都威胁着狼，使狼害怕：特别是当一阵微风吹过，

家园的故事丛书

那些旗子随处飘动起来的时候，狼就更觉得恐惧。

我们有多少猎手，就在这些旗子间留下多少出口。在每一个出口背面的浓密的枞树丛里，都有一个射手在那里窥伺着。

猎手们小心地叫喊着，用树棍敲击着，惊动了狼群。它们开始静静地向人们走过来。走在前面的是一只老母狼，跟在她后面的是她的幼崽，单独走在最后、与其他狼保持一段距离的是一只宽嘴阔鼻又老奸巨猾的老狼，当地农民都十分熟悉这条恶狼，叫它“灰财主”。

狼群走得很谨慎。猎人们向狼群围过去。母狼迅速逃奔起来。突然……

站住！有旗子！

转到另一边去，那儿也是同样情况；

站住！有旗子！

猎人们越来越近地逼向狼群。那只老母狼好像一时间失去了狼的思维本能，它到处乱窜，总算给自己找到了一个出口，可是恰恰在那个出口处——离开猎人不到十步的地方，它头上中了一弹，倒下了。

别的那些狼差不多都这样被击毙了。但是灰财主过去不止一次经历过这种场面，因此，当最初的枪声响起时，它就越过旗子冲出去了。可这次就在它跃过旗子的时候，它也挨了两枪：一颗子弹打掉了它的左耳朵，另一颗子弹打掉了它的半条尾巴。

狼几乎都死掉了，只剩下老灰财主了。不过它一个夏天所咬死的牛和羊，并不比过去整个狼群所咬死的少些。它总是潜藏在刺柏丛中，直待牧人们走开或是睡着了才出来。当它确定

时机已到，就窜进畜群中，把羊咬死或是把牛咬伤。然后它把一只羊往背上一搭，狂奔起来，一直把羊扛着越过篱笆逃回到干河上它那洞穴里，猎人却难以到达那里了。到了冬天，畜群不放到田野里去，它很少冲进农家的畜栏里去偷牛羊。冬天里它多半捕捉村里的狗，所以只能吃到狗肉了。它变得越来越蛮横无耻，有一次竟然追逐一只跟在主人雪橇后面奔跑的狗，把狗赶到雪橇里去，在那儿把它捉住，直接从主人手里抢走了狗。

灰财主成了这一带地方的威胁，农民们又一次来请我们的捕狼队去帮助他们。我们曾五次用旗子诱捕它，可是每次它都跳过旗子逃跑了。现在正是早春时节，老灰财主在它的巢穴里捱过了一个饥寒交迫的严冬，急不可耐地等待着春天的真正来临，等待再一次响起乡村牧人的号子声。

就在那个早晨，两个孩子吵了嘴以后，各自朝着不同的路走着。灰财主正饿着肚子，发着狠。风刮得四处灰蒙蒙的，横卧岩旁边的树木被刮得哀号着，老灰狼再也呆不住了，便跑出了巢穴。它站在倒下的树干上，仰着头，收紧着自己饿瘪了的肚子，把它那只唯一的耳朵对着风的方向听着，伸直那半根尾巴，嗥叫起来。

这是多么悲哀的叫声啊！如果你，一个过路人，听到了这样一种叫声，你会不由得产生悲怜之情。但你可别相信它的乞怜：那不是一条狗——人类最忠实的朋友，而是一匹狼——人类最凶狠的敌人，它注定要因为它自己的恶行丧生的。

七

干河就像一个大的半圆，环绕着勃鲁多夫沼泽地。在半圆的一边有一条狗在那里吠，而另一边则有一条狼在那里嗥叫。风吹着树木，把它们的哀号和呻吟送向远方。风也不清楚自己究竟在为谁服务。对风来说，谁在号哭都一样：无论是树木、狗——人类的朋友，还是狼——人类的凶恶敌人，只要能弄出哭声就行。它向狼告密，把被人遗留下来的那条狗的哀泣声音传到狼的耳朵里。灰财主分辨了一下树木与狗的不同呻吟，就偷偷地从乱树丛中爬了出来。它警觉地竖起那唯一的耳朵，翘着那半截尾巴，爬到了高坡上。在这里，它判定狗吠声是从安蒂贝奇的更屋附近传来的，便从坡地向着那个方向大步奔了下去。

幸运的是，由于极度饥饿，特拉夫卡已经不得不停止伤心的哀号，它也不再呼唤新的主人。或许，在狗的想象中，安蒂贝奇根本没有死，而只是把脸转了过去背对着它。或许，它是这样想的：所有人类都是安蒂贝奇，只不过他有很多张面庞。所以，要是安蒂贝奇的这张面庞转过去了，安蒂贝奇的另一张面庞会招呼它过去，这时它就会看见他的另一张面庞。它就会忠实地为这个有一张新面庞的主人服务，就像它曾经给旧主人服务一样……

情况就是这样的：特拉夫卡在用号叫声呼唤主人安蒂贝奇到自己身边来。

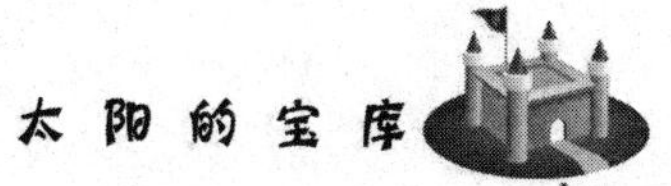

狼听到了狗祈求主人归来的声音，而这声音正是狼憎恨已久的，于是它飞快地向狗的方向冲过来。特拉夫卡只要再号叫5分钟，灰财主就抓住它了。可是当狗向安蒂贝奇祈祷了一会儿后，就感到非常饥饿，于是它不再呼唤安蒂贝奇，而为自己找寻野兔的踪迹去了。

每年的这个时节，夜行动物——野兔不仅黎明时候不睡觉，整个白天也睁着两眼心惊胆战地躺在窝里。春天里，野兔却敢于公然白天在田野和大路上游荡。这一天，一只老野兔来到孩子们吵架分手的地方，像他们曾经做过的那样，坐在横卧岩上一边休息，一边小心倾听着什么。突然吹来的一阵风夹杂着树木的哀哭声，把这只野兔吓坏了。只见它从横卧岩上跳起来，以野兔独有的跳跃方式飞逃开去：撒开两条后腿，向人最害怕的地方——黑叶浪奔去。它的换毛期还没有结束，所以，它不仅在地面上留下了足迹，而且它褪在灌木丛里旧草上的冬天的毛也扬了起来。

虽然离那只野兔在横卧岩上休息的时间已经好久了，但特拉夫卡还是一下子就嗅出了野兔的踪迹。可是两个孩子在横卧岩上坐过的气味，以及他们筐子里散发出来的面包和熟土豆的气味，却妨碍了它对野兔的追逐。

现在特拉夫卡面临着一个难题，它必须做出抉择：是随着通向黑叶浪的野兔的踪迹——也是两个孩子当中的一个孩子的踪迹前进呢，还是要沿着绕过黑叶浪的大路，追踪着人的气味前进。

要是它知道那两个孩子当中哪一个带着面包，这个问题就很简单了。特拉夫卡就可以吃一些面包，然后开始追猎，那时它就不是为自己追猎了，它就会把抓住的野兔送给让它吃面包的人了。

该往哪儿走呢？该往哪个方向走呢？人们遇到这种情形就会深思熟虑，而正如猎人所说的，猎狗在这个时候往往会迷失追逐方向。

特拉夫卡确实迷失了追逐方向。像一般的猎狗那样，它开始在原地打转，它昂起头，上上下下嗅着气味，两眼急切地四处辨认着方向。

这时一阵大风从娜斯佳走去的方向吹过来，这阵风使狗立即停止了急速的打转。特拉夫卡站了不多一会儿后，甚至像野兔那样，用它的两条后腿立起来……

当安蒂贝奇还活着的时候，也曾经有过类似的情况。那一次，护林人遇到一件困难的工作——把森林里的木柴运出去。为了使特拉夫卡不至于妨碍自己工作，护林人把它拴在了家里。清晨，天刚亮，护林人走了。可是到了中午，特拉夫卡看出来拴它的铁链是系在一根粗绳子末端的铁钩子上的。弄清楚了这一点后，特拉夫卡跑到杂货堆上，两条后腿立起来，用前腿把绳子拉到自己跟前，终于在傍晚时分把绳子咬断了。虽然它脖子上还带着链条，但它立刻就出去寻找安蒂贝奇了。安蒂贝奇离开家已经有一整天了，他的踪迹已经消失，再加上下了一阵像露水般的毛毛雨，足迹被洗刷殆尽了。然而，白天的森林也是那么安静，整天都没有一丝空气流动，安蒂贝奇的烟斗里冒出来的细微烟味，从早到晚不动都保留在纹丝不动的空气里。它立刻明白了，追踪足迹是无法找到安蒂贝奇的了。它把头仰向天空，原地打着转。特拉夫卡忽而闻到空气中的一丝烟叶气味，一点一点的烟味渐渐清晰起来；忽而空气中的气味又消失了；最后，又闻出了烟的气味，就这样，它终了找到了它的主人。

以前发生的事情就是这样的。现在，当阵阵大风把一股使它感到可疑的气味刮过来的时候，它的嗅觉敏锐起来。它就静静地待在那里，一动不动地等待着。当风再一次刮过来的时候，它两条后腿像野兔似的站立起来，弄清了面包和土豆就在风吹过来的那个方向，也就是两个孩子当中的一个走去的方向。

特拉夫卡回到那块横卧岩边，再次把石头上留下的筐里食物的气味和大风吹过来的气味核对了一遍。然后把另一个孩子，以及野兔的踪迹也核对了一下。我们可以想象，当时，它肯定是这么想的：

“野兔是一直向它白天栖息的地方跑去了，现在它一定在离黑叶浪不远的地方，它会在那里呆一整天，什么地方也不会去的。而那个拿着面包和土豆的人可能走开了。可是应该怎样权衡这件事情呢？以自己的劳动去猎获野兔，然后把它撕烂，吃掉；还是从一个人那里得到一块面包和人的爱抚，甚至能在那个人身上找到安蒂贝奇的痕迹。”

特拉夫卡又一次看了一眼直通黑叶浪方向的痕迹，然后坚决地转向岔路的另一方向，也就是绕着黑叶浪右边道路走，它又做了一个站立的动作，便摇着尾巴坚定地大步向前走去。

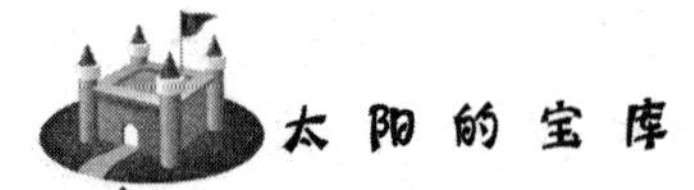

八

黑叶浪——罗盘针指引米特拉沙走去的那个致命的地方，几百年来，很多人和很多家畜都葬身在那儿了。因此，每个到勃鲁多夫沼泽地去的人，当然应该清楚黑叶浪意味着什么。

我们是这样理解的：整个勃鲁多夫沼泽地蕴藏着大量燃料——泥炭，它是太阳的宝库。因为，情况恰好是：炎热的太阳抚养着沼泽地里每一根小草，每一朵小花，每一株灌木和红莓果的母亲。太阳把自己全部的光和热奉献给了它们，当它们死掉或是腐朽了的时候，它们就变成肥料作为遗产传给后代植物：灌木、果实、鲜花和小草。但是，沼泽里的水却不让老植物把它们所有的养分都传给它们的后代。千百年以来，这种养分一直存留在水底下，因此沼泽地就变成了太阳的宝库。后来，所有像泥炭一样的太阳的宝藏就作为大自然的遗产传给人类。

勃鲁多夫沼泽蕴藏着大量燃料，但是泥炭层并不是到处都一样厚。在孩子们坐过的横卧岩附近，一层又一层的植物堆积在一起已经有好几千年了。这是最老的泥炭层，但是再远一些，越接近“黑色的叶浪”，泥炭层形成的时间就越短，厚度也越薄。

随着米特拉沙按照罗盘针和道路所指引的那个方向不断走下去，他脚下的泥块不仅仅像以前那样柔软，而且还呈半液体状了。用脚敲打地面的时候感觉似乎很坚硬。可是，一拔脚，

情况就变得可怕起来：脚也许会一下子完全陷到很深的地方去。碰到一些很滑的泥土时，就必须准确判断，选择可以落脚的地方。接下来，又会发生这样的情况，当你迈步的时候，突然，脚好像是踩在什么动物的腹部上，下面的东西在咕噜噜地响，并从沼泽地下面滑到什么地方去。

脚下的土地，就像是支在无底的水藻洞上的一张吊床。在这个蠕动着的沼泽地上，树根和树干相互交织，露出地表面，地表面稀稀疏疏地生长着一些矮小弯曲的、有霉菌的枞树。酸性的沼泽地土壤使得这些枞树难以长得高大，因此，立在那儿的枞树显得那样细小单薄，而它们在那里也许已经100年或者更长久了……沼泽地里的老枞树和针叶林里的树不同，针叶林里的树全都长得高大挺拔，一棵挨着一棵，就像一行行柱子，一排排蜡烛，整整齐齐。沼泽地里的树越老就越怪。比如，一棵老枞树的光秃秃的树干就像人的手一样伸出来，似乎要趁你路过时捉住你。另一棵树则像手里握着木棍，等在那里准备敲打你。第三棵树不知为什么蹲在那里。第四棵像是站着在织袜子。它们全都这样：每一棵小枞树都必定与另一种东西相像。

米特拉沙脚下的泥层越来越薄。但是，大概是由于地面上的植物牢牢地相互交缠着，所以还可以支撑住一个人。他不停地摇摇晃晃向前走着，使得周围的一切也跟着晃动起来。他现在只相信那个在他前面走过、甚至还为后人留下了一条路的人。

当那些老枞树婆让这个拿着枪、戴着双沿帽的男孩从它们中间走过时，显得非常兴奋。它们中常常有一棵树婆忽然跳起来，似乎想用木棍敲打一下这个勇敢的孩子的头，并抢在其余老纵树婆前面挡着去路。接着，另一个妖般的树出现了，把它那只瘦骨嶙峋的手伸向大路。你就等着瞧吧，像在神话里一样，在林中空地上马上就会出现一间林妖的小木屋，木屋的柱子上挂满了死人的头。

密林中，守卫着巢穴的黑乌鸦，在沼泽地上空盘旋警戒着，它发现了这个带着双层沿帽的小猎人。逢到春天时节，乌鸦会发出一种特别的叫声："得隆——咚！"就像人通过喉咙和鼻子发出的音那样。在这个音调里，有一种我们通过人耳听不明白、捕捉不住的特别色彩，因此，我们无法得知乌鸦之间的谈话内容，只能像聋哑人那样猜测它们的意思：

"得隆——咚！"值守的乌鸦叫喊的意思是：喂，一个头带双层沿帽，扛着猎枪的小孩子靠近黑叶浪了，也许，咱们很快就可以有一顿美餐啦。

"得隆——咚！"远处巢穴里的母鸦叫着回答道。它的意思是：听见了，我等着呢！乌鸦的近亲喜鹊们听到了乌鸦的对话，开始唧唧喳喳起来。连那只想捉老鼠却没捉到的小狐狸，也竖起耳朵来听乌鸦们的叫声。

米特拉沙听到了这一切，但他一点也不害怕，假如他现在正走着一条别人走过的路，那么，他还有什么可怕的呢？他，米特拉沙本人，怎么就不敢再走一趟别人走过的路呢？所以，他听了乌鸦的"鸟语"，甚至还高兴地哼唱起来：

"黑乌鸦啊，请你不要在我的头顶上扇呼了。"

他唱着歌，勇气大增。他甚至觉得自己选择的这条路使艰难的旅程缩短了呢。当他向脚下看去的时候，他看见他一落脚到泥地里，就踩出一个坑，并且马上引来一汪水。看来，每个

家园的故事丛书

沿这条路走的人，都把青苔下面地里的水踩了出来，所以这条路上出现了一条小水沟，在水沟两边比较干燥的垄上，生长着高高的甘甜的茅草，就像是两条小林阴道。这些草没有早春沼泽地里到处可见的那种黄颜色，却更接近白色。这条草的“林阴道”似乎比米特拉沙更清楚这条人走过的路通向何方。这时，米特拉沙看到它陡然向左边拐过去，再从那里向前面无限地伸展过去，最后消失在远方了。他对了一下罗盘针，那根指着北方的针告诉他，这条路是通向西方的。

“你是谁家的孩子?”这时一只风头麦鸡问道。

“日夫，日夫!”鹬回答道。

“得隆——咚!”乌鸦更自信地叫着，而喜鹊在枞树上又喋喋不休起来。

米特拉沙环顾了一下四周，他看见自己的正前方有一块景色清亮怡人的林间空地，眼前的土丘路逐渐低下去，一直向完全平整的空地通去。最关键的是：他注意到在那片空地的另一边，长着一行高高的茅草——旅途中人的忠实伴侣，这可是有人走过的确切标志。从道旁茅草通去的方向看，米特拉沙知道这条路并不对着北方，可是米特拉沙想：“这条路直通林间空地，转眼就可以到达那里了，我为什么还要拐到左边的土丘路去呢。”

于是，他穿过那片风景怡人的平地，勇敢地向前走去。

★★★★★

米特拉沙刚走进叶浪时，觉得那路甚至比此前沼泽地走的路还要好走些。但是，渐渐地，他的脚越来越深地陷下去，要想把脚抽回来也越来越难了。对驼鹿来说这里倒是不错的，它

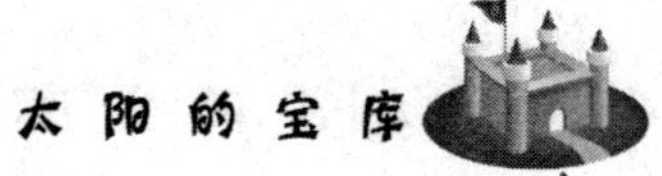

有一双力大无穷的长脚。更主要的是，它在森林和沼泽地里可以毫无顾虑地一往无前走去。但是，米特拉沙这时却感到很危险，他停了下来，思考着自己目前的状况。就在停留的这一瞬间，他一下陷了下去，陷到了膝盖上。要是使点力气，他本可以从叶浪的淤泥里拔出腿来。也想到过把枪插在沼泽地里，靠在枪杆子上面，把身子拔出来。但是就在这时，在离他不远的前方，他看见标志人的足迹的那高而白的茅草。

"我要跳出去。"他对自己说。

于是，他往外猛一使劲。

但是，已经为时太晚了。他就像一个受伤的人，凭一时的热劲向前冲，结果却摔了下去。尽管摔得很重，但还是试着再冲，一次又一次向前冲。这时，他感觉他自己的身子一直到胸口部分被牢牢地拽住了。现在，他连使劲呼吸都困难了：轻微地使一下劲都会使他陷得很深。他唯一能够做的事是，把猎枪朝沼泽地上平放下去，两手撑在它上面，纹丝不动地待着，把急促的呼吸平定下来。他就这样，把猎枪从肩上拿下来，把它放在自己面前，两只手撑在上面。

突如其来的一阵风把娜斯佳的尖叫声传到他耳中：

"米特拉沙！"

他回答了她一声。

但是风是从娜斯佳方向吹过来的，他的回答声音被吹到勃鲁多夫沼泽地的另一个方向——北面去了，那里只有无边无际的小枞树林。一群喜鹊回应着他，从一棵枞树飞落到另一棵枞树上，它们像往常一样，谨慎地叽叽叫着，从四面缓慢地向整个黑叶浪包围过来，然后这些细长的、羽毛弯曲的喜鹊蹲在枞

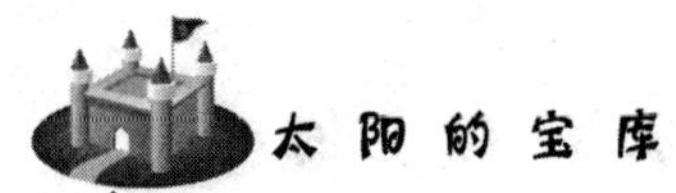

树的树枝顶上，喋喋不休地叫了起来。

一些喜鹊似乎是在叫：

“得里——吱——吱！”

另一些的叫声是：

“得拉——塔——塔！”

“得隆——咚！”乌鸦也在头顶上叫。

擅长于作恶的乌鸦立即看出来，带双沿帽的孩子陷在沼泽里已经筋疲力尽了。它们从树枝顶上飞落下来，开始以它们的方式跳跃着，从四面八方向这孩子发起进攻。

带双沿帽的孩子停止了叫喊。

顺着他那晒得黑红的面颊，一行行晶莹的泪水流了下来。

九

谁要是从来没有见过红莓果是怎样生长的，那么他即使在沼泽地里走很长时间，也不会发觉他正踩在红莓果旁边走着。拿黑越橘来说吧，你能看见它的果子生长：它的细茎向上伸着，长在茎上的绿色细枝叶就像翅膀一样张开着，枝上挂着一些小果子——表面满是蓝色细绒毛的黑果子。再看血红色的红越橘，它那墨绿色的叶子极其坚硬，即使是被寒雪覆盖着，叶子也不发黄枯萎。枝叶上结满了果子，就像被洒满了血迹一样，整株被染得通红。在沼泽地里还有一种像灌木丛一样的蓝莓果，它那蓝色的果实比较大，所以当你经过它的时候是不会错过的。在大松鸡鸟栖息的浓密的丛林里，有一种生在岩石上

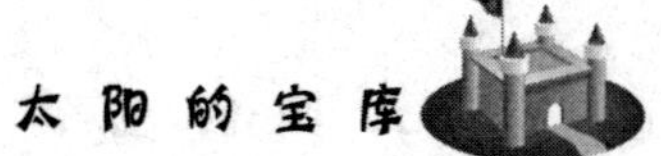

的鲜红果子，它像一串串红宝石一样悬挂在茎上，在每一颗小红宝石外面还套有一层绿圈。唯独我们这里的这种独一无二的红莓果，尤其是在早春时候，它们隐藏在沼泽地里的小丘之间，从上面几乎看不见。只有当它们已经成堆地结在一起的时候，你才会偶尔看见一颗，你会想："这是被人漏掉的红莓果。"可是，一旦你要俯身去拣起这颗果子的时候，你却会随带着扯起一根长长的绿茎来，上面结满了很多红莓果。假如你想要的话，你可以从土丘里拖起一长串项链似的硕大的、血红血红的红莓果来。

不知是因为这些红莓果在春天很珍贵，还是因为它们有益于健康，能够治病，调茶吃也很有味，人们采集这种红莓果的欲望越来越强烈。有一次，我们这儿的一位老太婆采了一大篮红莓果，多得连提都提不动了。可是她丝毫不舍得丢掉一些，更不忍心连篮子整个抛掉，就这样她一直到半夜才把那满满的一篮子红莓果运到家里。

有时候，一个女人找到了长着红莓果的地方，就向四周看看，没有看见任何人，便立即扑到潮湿的沼泽地里，趴在那里摘果子。

起初，娜斯佳只是一粒一粒地从枝叶上摘着红莓果，每采一粒都要趴到地上去一次。很快，她就不愿意再一粒一粒地弯腰去采摘了，她要一下子采更多果子。

她现在已经能够判断出，哪里不用一颗两颗地摘，而是成串地摘。于是她现在只为摘成串的红莓果才弯下身子。她就这样一串跟着一串地采摘，采的时间越来越长，可是她还想要采更多的果子。

以前在家里，娜斯佳工作不到一个钟点，就必定要想起弟弟来，跟他打一声招呼。现在他独个儿走了，不知道到什么地方去了。她都忘记了食物是在她自己身边，而她亲爱的弟弟却饿着肚子，在哪个黑暗的沼泽地里走着。她甚至连自己都忘在脑后了，只想着红莓果，她想采更多更多的红莓果。

她和米特拉沙到底为什么会大吵一场呢：恰恰是为了她要走那条大家都走的路。可是现在她也只跟着红莓果走，红莓果长到哪儿，她就往哪儿走，她不知不觉地就离开了那条大家都走的路。

其间她也曾经清醒过一次：她忽然发觉她不知什么时候已经离开大路了。她向着她以为是大路的那个方向转回去，可是那儿却不是大路。她又冲到另一边，那儿只有两棵秃枝的枯树——那儿也不是大路。这时，她偶尔想起米特拉沙常常说到的罗盘来了，也想起她那亲爱的弟弟了，想起弟弟还饿着肚子在走路，于是，她呼唤了一下弟弟，而弟弟也回应了一下……

她刚有点回忆起一些件事，忽然她看见了一种任何采红莓果的人一生都难以见到的东西……

当那次她和弟弟两人为走哪条路而吵架的时候，他们都没有注意到一件事情：那两条一大一小的路，都绕过黑叶浪，而在干河上合而为一，不再分开，最后都通向佩列斯拉夫公路。娜斯佳绕着黑叶浪走了一条半圆形的干路。米特拉沙走的却是一条紧贴黑叶浪的直路。要是他不出错，不离开标志人走过的白茅草路，他本应该早已经到达娜斯佳刚刚到达的地方了。而这个隐藏在刺柏灌木丛里的地方，就是米特拉沙要去的、按照罗盘针所指的那个林中好地方。

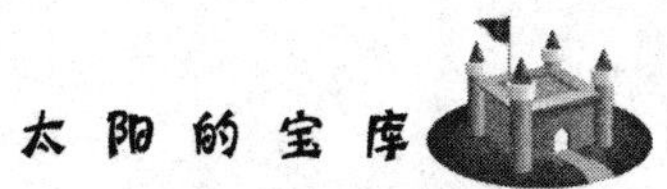

要是没有带篮子、又饿着肚子的米特拉沙跑到这里，这个遍地都是血红色的好地方来，他会怎么样呢？

娜斯佳倒是带着一只大篮子来到了这个好地方，篮子里面装着被她忘得一干二净的大量食物和采满的酸红莓果。

这个长得像只长腿金鸡的小女孩，在看见了这个好地方之后，似乎又想起了她的弟弟，她向他喊道：

“亲爱的弟弟，我们找到了。”

啊，大乌鸦，大乌鸦，你这不祥的鸟儿！你也许要活上300岁，那只把你孵出来的母鸦，当你还在蛋壳里的时候，就告诉了你在300年的生活里将要看见的一切事情。就这样，1000年来在沼泽里所发生的每一件事情，都由一只乌鸦传给另一只乌鸦。乌鸦啊，你看见过并且知道得这样多，你为什么不飞出你这个乌鸦的圈子，哪怕就只此一次，用你坚强的翅膀飞过来，把那个大胆坚决、即将要在沼泽地里死去的弟弟的消息，带给他的姐姐呢？乌鸦啊，你本应该告诉他们……

“得隆——咚！”雄乌鸦叫着，在那个就要死去的男孩头上盘旋着。

“我听见了，”母乌鸦在窝里也用“得隆——咚！”的声音回应着，“只是得抓紧点儿，趁他还没有完全被沼泽淹没，抢他一点儿东西。”

“得隆——咚！”雄乌鸦第二次叫道。它在那个小姑娘的头顶上飞过，而她也正在沼泽地上爬着，那儿几乎紧挨着濒临死亡的弟弟所在的地方。乌鸦的这个“得隆——咚”的意思是：它们这个乌鸦家庭可能会从那个爬着的小姑娘那里得到更多的收获。

在那个好地方的中央并没有红莓果。这儿有一个长满山杨树林的土丘，在树林中间有一只长角驼鹿。从一侧看，它就像一条公牛。再从另一侧看，它又像一匹马：匀称的躯体，强壮的长腿，一张长着细长的鼻子的脸。但是当它低下这张脸来的时候，你会看见它有一双多么美丽的眼睛和美丽的长角啊！看着它，你会觉得：这里也许什么都没有，既没有牛，也没有马，而是灰色杨树林里面的某种巨大的灰色东西堆积在一起形成的印象。可是，这又怎么可能是灰色山杨树林里的灰色东西的堆积呢，我们分明看到，这个巨兽把它那厚厚的嘴在鲜嫩的小杨树上蹭了一下，随即在树干上就出现了一条细长的白色条纹：这正是它进食的方式。几乎所有的小杨树树干上都可以看见这种咬啮的痕迹。不，这个巨兽决不是沼泽地里的幻影。可是，又如何理解：长成这么庞大的身躯的巨兽仅吃这些树皮和沼泽地里的三叶草花瓣，而具有很大能量的人类却对酸溜溜的小红莓果如此贪得无厌？

这只吃着杨树皮的驼鹿，正俯视着匍匐在下面采摘红莓果的小姑娘。

小姑娘除了红莓果以外，什么也看不见。她不停地爬着，向着一棵黑树桩跟前爬去。这只过去的“长腿小金鸡”现在全身又湿又脏，她吃力地移动着那只装满了红莓果的篮子。

那只驼鹿并不以为她是人类：她的动作与通常的野生动物没有什么两样，它对这些野生动物无动于衷，就像我们看待没有生命的石块一样。

那个发黑的大树桩吸收了太阳的光热，本身也发出巨大的热量。天开始黑下来，气温变冷起来。可是那个又黑又大的树

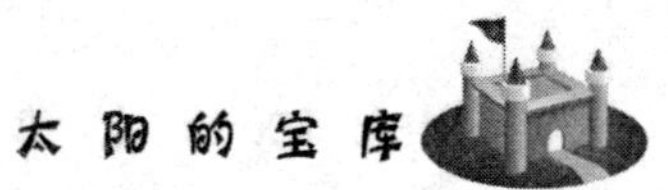

桩，却依然保持着温暖。6 条小蜥蜴从沼泽地里爬出来，到树桩跟前来取暖；4 只黄蝴蝶收起了它们的翅膀，放下了它们的触角；大黑苍蝇也飞过来过夜。一棵长长的红莓果秧，穿过草茎和高低不平的地方，在黑色的温暖树桩上缠了好几圈后，朝另一方向垂下头去。一些毒蛇每年在这个时候来这里取暖。有一条半米长的大蛇爬上树桩，恰好盘踞在那棵红莓果藤上。

那小姑娘依旧头也不抬地沿着沼泽地爬过去。就这样，她爬到了那棵温暖的树桩跟前，伸出手去拉毒蛇盘踞着的那棵红莓果藤。那条毒蛇抬起头来，发出咝咝声。这时，娜斯佳也抬起了头来……

就在这时，娜斯佳终于意识到面临的危险了，她跳了起来。而驼鹿这才得知她是一个人，它赶紧从杨树旁跳开，甩开它那一双有力的长腿，沿着黏糊糊的沼泽地，就像野兔在干燥平坦的小路上狂奔一样，轻巧地向前冲过来。

娜斯佳被驼鹿这一冲吓了一跳，她这才吃惊地看着那条蛇。那条毒蛇还是像先前一样地躺着，盘踞在太阳光里取暖。

就在不远的地方，一条背上有黑色条纹的红褐色狗站在那里，看着小姑娘。这条狗就是特拉夫卡。

娜斯佳甚至还记得这条狗，因为安蒂贝奇不止一次地把狗带到他们的村子里来过。可是她不大记得那狗的名字，她叫它：

“木拉夫卡，木拉夫卡，我给你一片面包!”

她把手伸到篮子里去拿面包。可是篮子里装满了红莓果，面包在红莓果下面。她从早到晚一共花了多少时间，又采了多少红莓果，才把这只大篮给装满啊！这一段时间里，饿着肚子

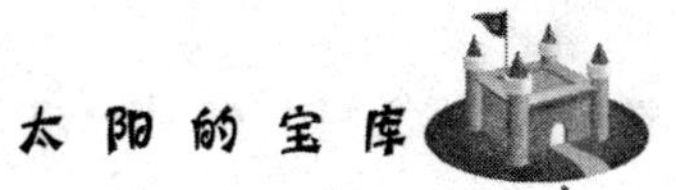

的米特拉沙在什么地方呢？她怎么会完全把他忘记了，怎么会把她自己和四周的一切都忘记了呢？

她又一次看了一眼那条毒蛇盘踞着的树桩，忽然她发出一声尖叫：

“弟弟，米特拉沙！”

她号啕大哭起来，摔倒在装满红莓果的篮子旁边。

那时正是这声尖叫传到黑叶浪里，米特拉沙听到了，并回应了一声，但是风把这声音吹到别的方向去了。

十

可怜的娜斯佳叫喊时刮起的那一阵大风，并不是黄昏寂静的晚霞时光的最后一阵风。太阳这时正穿过一片厚云朝西方落下去，把它宝贵的金色余光洒向大地。

米特拉沙叫喊着回答娜斯佳的时候刮起的风也不是一天里的最后一阵风。

最后的一阵风一直到巨大的、纯净的红太阳把自己宝贵的金色余光全部洒向大地，并像在地面上扎下根似的时候才刮起来。就在这时候，爱唱歌的白眉小鸫鸟在干河上唱起了甜蜜的小曲。鹌鹑科沙奇在横卧岩旁边寂静的树枝上抑郁地唱起了求偶歌。仙鹤大喊了三声，但已经不像早晨唱的那个“胜利”歌了，而似乎是：

“你就睡吧，可是别忘了：我们很快就要把你们都吵醒，吵醒你们，吵醒你们！”

白天并不是在一阵大风中，而是在最后一个轻微的呼吸声里结束的。这时真正的安静来到了，周围的一切变得清晰可闻，甚至连干河边上芦苇丛中的花尾榛鸡的轻微对话声都听得见。

这时候，特拉夫卡感觉到了有一个人正在遭遇不幸，它跑到了正在号哭的娜斯佳跟前，舔着她那因流泪而有咸味的脸。娜斯佳抬起头，看了看狗，什么也没有对它说，又低下头去，把头垂在红莓果上。透过红莓果，特拉夫卡敏感地嗅到了面包的气味，它虽然想吃极了，可是它却无论如何也不允许自己用爪子去翻掘那些红莓果。它不仅不去动那些红莓果，而且由于它感觉到这个人正处于不幸之中，便把头高高抬起，狂吠起来。

我想起很久很久以前的一件事情。也是黄昏时分，我们乘着一辆像古时候那样的带着响铃的三套马车，在森林里的大路上走着。车夫忽然勒住马车，铃声静了下来，车夫仔细听了一会儿，对我们说道：

“有什么不幸的事情!”

我们自己也听到了什么声音。

“这是什么声音?

“发生了一件不幸的事，一条狗在森林里叫着。”

我们当时不知道究竟发生了什么事。可能有一个人陷在那一个沼泽地里，一条伴随他的狗——人的忠实朋友，在吠叫。

当特拉夫卡在一片寂静里吠叫的时候，灰财主立即就判断出，这是在好地方，因此就越来越快地直接朝那个方向狂奔过去。

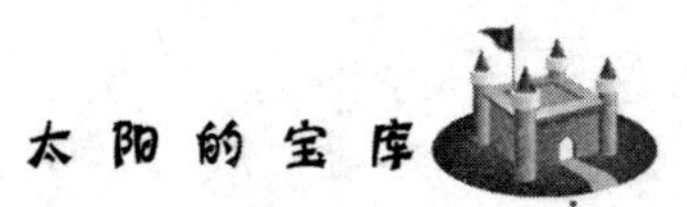

只在一瞬间内，特拉夫卡就停止了叫喊。灰财主就等着吠声再响起来。

就在这时候，特拉夫卡的耳朵听到了一种熟悉的低微声音从横卧岩方向传了过来：

“恰！恰！”

当然，特拉夫卡立刻听出那是一只狐狸在追赶野兔。而且，它明白那只狐狸一定是找到了特拉夫卡自己在横卧岩附近嗅出的那只野兔的气味。同时，狗还知道，狐狸要是不耍滑头是永远捉不到野兔的，所以，狐狸故意“恰恰”地叫，这只是为了使野兔奔跑起来，当它跑得精疲力竭的时候，就会停下来休息。只要野兔一躺下来休息，狐狸立即就能抓住它。在安蒂贝奇死后，特拉夫卡为了替自己觅食，曾经不止一次地这样抓获过野兔。因此，当狐狸发出这种叫声的时候，特拉夫卡就采取了狼的战术：出来寻找猎物的狼，总是悄悄地兜着圈子等候着向狐狸叫唤的狗走过来，以便一举抓住狗。现在特拉夫卡就等在路旁，准备截住被狐狸追赶的那只野兔。

当特拉夫卡听到狐狸追赶过来的声音，它就像我们猎人一样知道野兔逃跑的圈子：野兔从横卧岩向黑叶浪飞奔，从黑叶浪跑到干河，再从那里兜一个长长的半圆圈，到那个好地方，最后再返回到横卧岩边。特拉夫卡看出了这一点，就向横卧岩跑过去，潜伏在那浓密的刺柏灌木丛里。

特拉夫卡不必等很久，凭着它那独有的——人所不能达到的敏锐听觉，它立即就听到了野兔的爪子跑过沼泽地小泥潭的吧嗒声。这些泥潭是娜斯佳早上踩出的脚印造成的。野兔应该马上出现在横卧岩附近了。

特拉夫卡蹲在刺柏灌木丛后面，它绷紧后腿，准备着野兔一露面，就猛力一扑，抓住野兔。

就在这时候，那只经验老到、又大又老的野兔，正跑得稍稍有点瘸腿了，突然想到要停下来：甚至支起它的后腿站起来，倾听一下，狐狸的叫声离它还有多远。

这样，这样两个动作恰巧同时发生了：特拉夫卡扑过去，而野兔却突然停住了。

特拉夫卡越过了狐狸。

当特拉夫卡翻身回过头来的时候，狐狸正沿着米特拉沙走过的路大步飞跑，直奔黑叶浪而去了。

这一回，运用狼的捕猎诡计，特拉夫卡没有得逞。在天黑以前不可能等到野兔返回了。于是特拉夫卡就采用狗自己追捕猎物的方法，开始跟着野兔追上去，用它那有规律的、不急不慌的狗叫声音，高低交叉地尖叫着，尖叫声打破了黄昏的寂静。

狐狸听到了狗的尖叫声后，当然马上就放弃了追捕野兔的企图，重又操起了它往常捕捉老鼠的旧业……而灰财主终于听到了它等候已久的狗叫声，便大步向黑叶浪奔了过去。

十一

在黑叶浪里，喜鹊得知野兔跑近了，就立即分成两群：一群留在那个陷在泥沼里的小男孩上方，叫道：

“得里——蒂——蒂！”

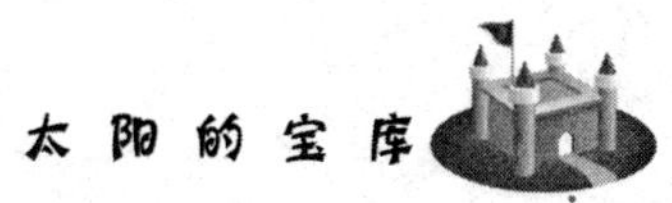

另一群向野兔叫道：

“得拉——塔——塔！”

要解释和猜出这些喜鹊的警报声是很难的。说它们在发出求救声吧，有什么需要搭救的呢？如果有人或狗应喜鹊的呼救声而来的话，这些喜鹊就什么都得不到了。说它们是在用尖叫声召唤喜鹊家族的所有成员来赴一次血的筵席吧……难道会是这样的吗？

“得里——蒂——蒂！”喜鹊叫着，一边越来越近地向小男孩跳跃过去。

但是，它们又无法靠得太近，因为男孩的两只手还能够自由活动。突然，喜鹊们的叫声混乱起来：同一只喜鹊一会儿叫着“蒂蒂”，一会儿又叫着“塔塔”。

这个意思是：野兔到黑叶浪来了。

这只野兔已经多次躲过特拉夫卡的追击。现在它清楚地知道猎狗比野兔跑得快，这就意味着它只有用尽心计才能躲过这一劫。因此，在到达黑叶浪跟前、在离那陷在泥沼里的男孩子不远的地方，它突然停住，惊起了所有的喜鹊。这些喜鹊都分散飞到高高的枞树枝上，它们在那里对着野兔叫：

“得拉——塔——塔！”

但是不知为什么，野兔一点都不认为喜鹊的叫喊声里有什么特别含义，它根本不注意它们的唧唧喳喳，只顾自己故意兜着圈跳跳蹦蹦。以前我们也以为，喜鹊们的唧唧喳喳毫无意义，它们之所以要这样，是因为它们也像人有时候做的那样，由于寂寞无聊，就嘟嘟囔囔地来打发时光。

稍停了几秒钟，野兔就猛地开始了它的第一次跳跃，它先向一边跳了一下；正像猎人们所说的那样，它在兜着圈子跳。在那里站了一会儿，又侧身跳到另一个方向；跳了十来步以后，它又向第三个方向跳过去。最后，在那儿躺下来歇着，一边看着自己跳过的路子。假如特拉夫卡看清它兜圈的路线，跟着它到第三次跳去的地方来，它就有可能更早看见它的……

野兔当然很机智。然而，尽管它很机智，但是这种反复跳跃对它来说还是很危险的。要知道，一条机灵的猎狗也懂得野兔故意留下了很多足迹。一旦如此，猎狗就不会去注意野兔兜圈留下的痕迹，而是通过敏锐的嗅觉在空气里寻找野兔的气味，来判断野兔的方向。

听到猎狗停止了吠叫，野兔不由得急速地心跳起来。就是说，猎狗失去了追赶的猎物的踪迹，它开始变着主意要嗅出它来，而在原地无声地转着可怕的圈子……

但这回那野兔很走运，它明白了：当那猎狗开始绕着黑叶浪转圈子的时候，它一定在那儿看见了什么，就在这时候，那里明显出现了人的声音，接着就响起了一阵可怕的喧闹声……

可想而知，那只野兔听到这个莫名其妙的喧闹声之后，就像我们人一样，对自己说道："还是远离是非之地吧!"于是它就一瘸一拐地悄悄地循着它来时的痕迹回到了横卧岩。

而那条往黑叶浪飞奔过去追赶野兔的猎狗特拉夫卡，突然发现离自己十步以外的地方，有一个男孩子，于是放下野兔不管，像根柱子似的呆在了那儿。

当特拉夫卡看见黑叶浪里面那个小孩的面孔时，它都想一些什么事情，我们可以很容易就想象得出来。要知道，对于我们来说，我们每个人面貌都各不相同。而对于特拉夫卡说来，

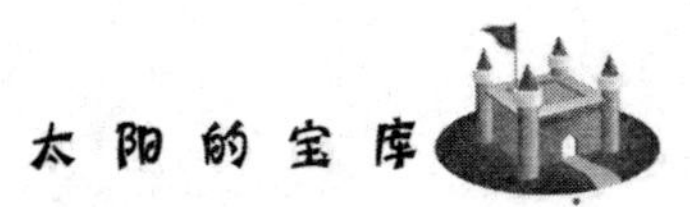

所有的人不过是两个人而已：一个就是有着很多不同面孔的安蒂贝奇，另一个就是安蒂贝奇的敌人。正因为如此，这条聪明机智的狗才没有立刻向那个男孩走过去，而是停了下来，要先弄清楚这是它的主人还是主人的仇敌。

特拉夫卡一直站在那儿，细细打量着那张被落日的余光照耀着的小孩子的脸。

起初，小孩的眼睛毫无光泽，死气沉沉，但是，突然，他的眼睛里闪过一道光彩。这一刹那恰好被特拉夫卡捕捉住了。

“这一定是安蒂贝奇。”特拉夫卡想道。

它轻轻地摇了一下尾巴，轻得几乎看不出来。

当然，我们无法知道特拉夫卡认出了安蒂贝奇之后在想什么，但我们当然可以猜测一下。你们还记得曾经有过这样的情形吗？当你在森林里俯身在静静的溪流上的时候，你就像在镜子里似的看见你自己的倒影。在特拉夫卡看来，一个像安蒂贝奇一样大而漂亮的人，也俯着身子，在看着镜了似的水面。在这片镜子似的水面上，他伴随着整个大自然，伴着云和树显得那么美妙。太阳刚落到地平线下，一弯新月刚刚升起，小星星已经密密麻麻。

确实如此，特拉夫卡在每一个人的脸上，就像在镜子里一样，都能看见安蒂贝奇的整个人，它甚至想扑到每一个人的肩膀上去。但是凭以往的经验，它知道安蒂贝奇的敌人也长着完全一样的脸。

它在等待着。

同时，它的双爪也在开始一点点地向下陷；假如再继续这样站着的话，爪子就越陷越深，以致无法拔出来。不能再等了。

突然……

这时，对于特拉夫卡来说，无论电闪雷鸣，还是应和着胜利的太阳升起，或者夕阳西下时仙鹤对美好的新一天的预告，总之，大自然里的任何奇迹都不能与这时在沼泽地里人发出的声音相比！这是多么美妙的声音啊！

安蒂贝奇，这位伟大的、真正的猎人起初在叫自己的猎犬时，当然是按照猎人的语言，从“特拉维奇”（俄语意思为“抓住”）这个词来的。最早，安蒂贝奇叫特拉夫卡为扎特拉夫卡，但后来猎人把这个名字缩短，就产生了特拉夫卡这个漂亮名字。安蒂贝奇最后一次到我们村子里来的时候，还管他的狗叫“扎特拉夫卡”。当那个小男孩的眼中闪过一道光彩的时候，也就意味着他回想起了这条猎狗的名字。接着，小男孩失去知觉的发青的嘴唇就开始充血，透出红色，而且微微蠕动起来。特拉夫卡发现了嘴唇的这个动作，又一次轻轻地摇了一下尾巴。这时，特拉夫卡的思维里出现了一个最大的奇迹。就像老安蒂贝奇起初叫它那样，年轻的安蒂贝奇这样叫起它来：

“扎特拉夫卡！”

就在这瞬间，特拉夫卡认出了这个安蒂贝奇，它躺了下来。

“呶，呶，”“安蒂贝奇”说，“到我跟前来吧，小机灵！”

作为对这个人说的话的回答，特拉夫卡静静地向他爬过去。

可是，看来这个小孩这样叫唤它，并不仅仅像它那样，是出于高兴的缘故。在那个小男孩的话里也不仅仅像特拉夫卡那

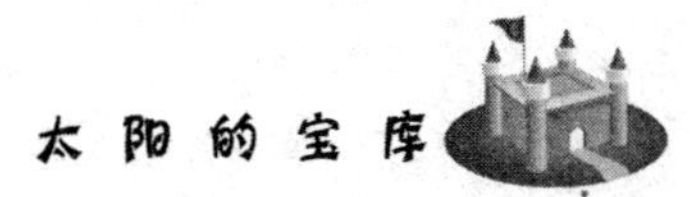

样充满了友爱和快乐，他的话里还包含着一种狡猾的求救的意图。要是这个小孩能够把自己意图的意思正确地告诉它，它肯定会非常乐意地扑过去搭救他。可是他无法让狗了解自己的意思，就只好用温柔的话语来招呼它。

幸亏他曾经使特拉夫卡对他自己产生过畏惧。假如它不害怕他，假如面对伟人的安蒂贝奇的威严毫无恐惧感的话，它就会像狗常做的那样，飞快地扑到他的脖子上。那时，沼泽地就不可避免地会把人和他的朋友狗一起拖到深处去。现在这个小孩显然不是特拉夫卡想象中的伟大人物。小孩不得不耍点小聪明。

“扎特拉夫卡，亲爱的扎特拉夫卡!”小孩用甜蜜的声音讨好着特拉夫卡。

而实际上，他的本意是说：“喂，爬过来吧，赶快爬过来吧!”

但是，狗凭着自己的直觉，怀疑安蒂贝奇在好听话里潜藏着某种不纯的用意，所以，狗小心地停停爬爬。

“喂，亲爱的，再过来点，再过来点!”

而实际上，他的本意是说：“快爬，快爬!”

特拉夫卡又稍稍向前爬近了一点。现在那个小男孩已经能够倚靠在平放在地上的猎枪，把身子稍稍向前弯过去，抚摩狗的头了。可是狡猾的小孩很明白，只要他稍有一点对狗的爱抚表示，就会使狗惊喜地尖叫着扑到他身上来，而招致沉没的危险。

小孩竭力控制住自己的情绪，他一动不动地保持着稳定，好像战士面临采取决定生死一击的时候一样。

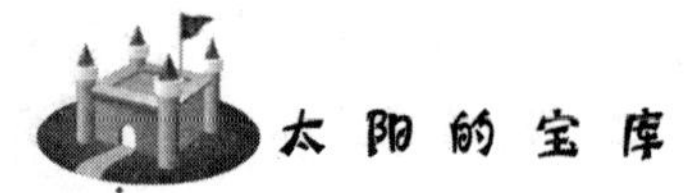

只要再稍稍爬近一点，特拉夫卡就可以扑到他的脖子上来了。这恰恰是在小孩的算计之中，一点没有错：突然间他向前伸出右手，抓住了那条强壮有力的大狗的左后腿。

难道这真是被主人的仇人所欺骗了吗？

特拉夫卡疯狂地用力想挣脱开，如果这个抓狗的小孩不是已经被拉出了泥沼，随即又伸出另一只手拉住了狗的另一条腿的话，它一定能够摆脱小男孩的手的掌握了。此后一刹那间，小人儿就把腹部伏在枪上，放开了特拉夫卡，自己也像狗一样用四肢爬着，不停地把支撑着自己的猎枪朝前挪动着，爬到了人们通常走动的、两旁长满高高的白色茅草的大路上。来到大路上后，他站起身来，擦去了脸上的最后一滴泪，抖掉破衣服上的泥浆，像一个真正的大人那样，威严地发出命令：

“现在到我这里来，我的扎特拉夫卡！”

听到了这个声音和这些话之后，特拉夫卡再也不犹豫不决了：在它面前站着的就是从前那个漂亮的安蒂贝奇。它认出了它的主人，惊喜地尖叫了一声，就跳到他的脖子上去，而主人就亲吻起他朋友的鼻子、眼睛和耳朵来。

现在我们是不是该说明我们是这样看待老护林人安蒂贝奇的神秘的话的呢？他曾经答应我们，如果我们不能在他还活着的时候见到他，他会把所有真理悄悄地告诉那条狗。我们相信安蒂贝奇说那句话并不是开玩笑：很可能，安蒂贝奇像特拉夫卡所了解的那样，也和我们所知道的一样，在很久以前就把人类最伟大的真理悄悄告诉了他的朋友——那条狗了。我们认为，他说的这个真理，就是人类要为爱而进行永恒的严酷的斗争。

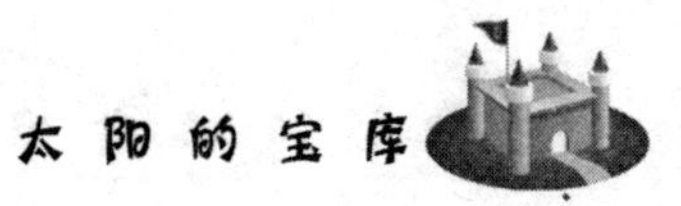

十二

关于在勃鲁多夫沼泽地伟大的一天里所发生的事情，我们还有几句话需要交代。无论那一天米特拉沙在特拉夫卡帮助下从黑叶浪脱身经历了多长时间，但那一天还没有结束。能干的特拉夫卡，在由于和安蒂贝奇相见而狂喜，立即回想起了自己第一次追猎野兔的经历。众所周知，特拉夫卡是一条猎犬，它的义务就是为它自己而追猎，但是为主人追猎则更是它的幸福所在。现在，他从米特拉沙身上辨认出了安蒂贝奇，于是它要继续此前断了的那个追踪圈子。很快，它就找到了野兔的显眼的痕迹。它唤着这些新的痕迹，追赶上去。差一点饿死的米特拉沙现在明白了，他能得救完全取决于那只野兔。如果特拉夫卡捕捉到了它，那他就可以像他父亲在世时常常做的那样，开枪取火，然后再把野兔放在火热的灰烬里烤熟。他看了看他的枪，把潮湿的弹药换掉，便也来到那个追逐的圈子里，蹲在刺柏丛后面。

特拉夫卡把野兔从横卧岩边赶回到娜斯佳所走的大路上，又把它赶到了那个好地方，最后又从那儿把它赶到小猎人潜伏的刺柏丛边，这时，米特拉沙还可以清楚地看得见猎枪的准星。就在这时，出现了一个情况：灰财主听到了重新响起的犬吠声，也躲藏到那个小猎人潜伏着的刺柏灌木丛里去。于是这两个猎户：一个人与一个人的凶敌，便相遇了。看到离自己仅有五步之遥的灰财主的嘴脸，米特拉沙忘了野兔，瞄准狼开了

一枪。灰财主就这样毫无痛苦地死掉了。

当然，特拉夫卡追赶野兔的事也被那一枪打断了。但它仍在继续干自己的事情，它最重要的和最幸福的事情，不在于追赶野兔，也不在于追赶狼，而是要见到娜斯佳，她听见了这一临近的枪声，叫喊了起来。米特拉沙听出了她的声音，回答了她。娜斯佳立刻向他奔过来。不一会儿，特拉夫卡把一只野兔拿到了新的、年轻的安蒂贝奇跟前。朋友们在篝火边取着暖，准备着食物和一个睡觉的地方。

★★★★★

娜斯佳和米特拉沙的家与我们只隔一户人家。第二天早上，当他们的那些饥饿的牲畜在院子里号叫的时候，我们最早跑过去看孩子们是否发生了什么不幸的事情。我们立即明白了，孩子们没有在家过夜，他们多半是在沼泽地里迷路了。渐渐地其他邻居也聚集在一起了。大家商量，要是他们还活着，我们应该如何去解救他们。当我们刚刚决定在沼泽地四散开来寻找的时候，却看见两个采红莓果的小猎人从森林里一前一后地走了出来，一只沉甸甸的篮子挂在他们两人抬着的一根棍子上，走在他们旁边的，就是安蒂贝奇的那条狗特拉夫卡。

他们把他们在勃鲁多夫沼泽地里所看到的东西以及他们经历的事情详细地告诉了我们。他们采了那么多的红莓果，这是我们闻所未闻的，这使得我们大家相信他们所说的一切。不过并不是每个人都相信一个 11 岁的孩子能够打死一只又老又狡猾的狼。其中有几个相信米特拉沙的话的人，带着绳子和大雪橇向他所讲的那个地方出发，不久就带着灰财主的尸体回来了。那时全村的人都停止了工作，汇集来看灰财主的尸体。不

家园的故事丛书

仅我们村里的人，连邻村的人也来了。这时，人们心里的话真是说不完，道不尽！很难说他们更想看谁，是看狼呢，还是看那个戴双沿帽的小猎人。当他们把眼睛从狼身上移开去的时候，说道：

“哎，有人还曾经取笑过他是‘小男子汉’呢！”

从前的“小男子汉”现在不知不觉开始发生变化了。在战争的最初两年里，他长大了，现在他成了一个高大的、健壮的小伙子了。到战争一结束，他准会成为一名卫国战争的英雄。

那个“小金鸡”也使村子里的每一个人刮目相看。谁都没有责备她贪心，反而人人都赞扬她，因为她曾经劝说弟弟走大家都走的路，而且还采到了那么多的红莓果。但是，当从列宁格勒儿童收容所撤退的有病的孩子们来寻求帮助的时候，娜斯佳慷慨地把那些可以治病的红莓果全部奉献给了他们。而只有我们这些得到她信任的人们，才从她那里知道了，她曾经由于贪得无厌地多摘红莓果而遭受了多少痛苦啊！